Dagny Juel
Flügel in Flammen
Gesammelte Werke

**Aus dem Norwegischen
und mit einem Essay
von Lars Brandt**

Weidle

PROSA

LYRIK & DRAMA

PROSA

Rediviva

Ich will die wundersame Geschichte meines Lebens erzählen. Vielleicht werden nicht alle sie so wundersam finden – vielleicht ist auch noch anderen dasselbe widerfahren, aber davon habe ich nie gehört, und darum glaube ich, daß ich die einzige bin, die auf dieses entsetzlich tragische, mystische Schicksal zu starren hat.

Zuerst ein unendliches Lebensglück.

Ich sah ihn und wußte im selben Augenblick, daß ich ihn besitzen müßte und daß dies meines Lebens großer, tiefer Inhalt sein sollte. Beide wußten wir, daß wir zusammenleben müßten, sollte es sich lohnen zu leben.

Und so wurde ich sein, er wurde mein, und sie, die zwischen uns stand – brachten wir um. Wir schlichen uns nicht an und stachen ihr einen Dolch ins Herz, nein – und schossen wir ihr auch keine Kugel durch den Kopf. Nein – nein – nein – wir wußten nur mit lächelnder Sicherheit, daß sie sterben sollte und mußte – sie stand uns im Weg – das muß doch nun jeder begreifen können – wir brauchten sie nicht – niemand brauchte sie, also ließen wir sie dahinsiechen und sterben. Das ist doch wohl hinreichend klar – natürlich mußte sie sterben – und wir zwei hatten soviel Macht in unserer unendlichen Liebe – wir konnten alles, alles beugte sich uns.

Dann war sie also tot, und wir waren frei!

Und das Glück kam wirklich, es schreckte nicht zurück vor unserer rücksichtslosen Liebe, es folgte uns, umarmte uns und lachte uns an, und ich glaubte, es wäre unser geborener Freund, unsere Mutter – inzwischen habe ich verstanden, welch grausames Spiel es mit uns trieb.

Und wir zogen durch alle Reiche und Länder des Glücks. Wo wir waren, schien die Sonne, und der Wind wehte freundlicher und ganz verträumt durch Blumen und Blätter.

Und nie wurden wir dieser Liebe müde, nie kamen Haß und Leid und setzten sich zwischen uns und hetzten uns aufeinander – nein, das wäre doch ziemlich gewöhnlich gewesen, nicht grausam, nicht raffiniert grausam genug. Sie, die Tote, war vergessen, wir erinnerten uns kaum ihres Namens – sie spielte keine Rolle mehr in unserem Leben.

Und doch – und doch – irgend etwas spukte mit der Zeit in meinem Hirn umher, etwas Rätselhaftes, eine Angst schrie mit der Zeit nach Erlösung – etwas aus meiner Vergangenheit sah mich an mit bleichen, rätselhaften Augen, und mit der Zeit konnte ich in den Gewitterwolken am Himmel, im Schrei der Möwen draußen überm Meer einen seltsam furchterregenden, schneidenden Hohn lesen.

Und dann – dann kam jene große, schwarze Nacht, als ich erwachte und sah, und gelähmt vor Angst sah – sie auf der Kante meines Bettes sitzen. Und inmitten der Dunkelheit, inmitten der Nacht sah ich nur zu deutlich – mit eisiger, starrer Gewißheit, daß sie es war. Sie war auferstanden von den Toten! Nun wollte sie sich rächen – nun wollte sie ihren Haß befriedigen, den wir mit ihr tot geglaubt hatten.

Doch nicht Haß, nicht den Wunsch nach Rache las ich in ihren bleichen Zügen. Unbeweglich, ausdruckslos starrte sie ins Zimmer mit hohlen, leeren Augen – wie das Schicksal selbst.

Und nie mehr seitdem verließ sie mich – jede Nacht, jede schlaflose Schreckensnacht saß sie an meinem Bett, und nie sah ich einen anderen Ausdruck in dem vom Tod gestempelten Gesicht als diese steife Ruhe – diese todeskalte, unbarmherzige Unheimlichkeit.

Und ich hätte meine Arme zu ihr heben können und flehen und daliegen und drohen: »O geh! O geh! Was willst du hier? Was kannst du erreichen? Was hättest du davon, selbst wenn ich ihn dir zurückgäbe? Zerstöre nicht mein Leben – oder zerstöre es, zerstöre es – aber geh!«

Doch jetzt ließ sie sich ernstlich nieder bei mir zu Hause, Tag und Nacht saß sie bei mir, und wenn er und ich uns umarmten, war sie auch mit in unserer Umarmung, und ich sah und fühlte ihre kalten, todeskalten Arme um ihn – um mich.

Aber er sah nichts, fühlte nichts, und ich beschloß, ihr zu trotzen – sie sollte nicht mit Füßen auf meinem Glück herumtrampeln dürfen – niemals, niemals würde ich mich damit abfinden.

Und ich höhnte und spottete ihrer: »Ja, ja, meine Freundin, am schlimmsten muß es im Grunde für dich selber sein, deinen Geliebten in den Armen einer anderen zu sehen! Meine Liebe, beobachte uns nur, wenn es dir Spaß macht!« Und ich warf ihr höhnische, triumphierende, lachende Blicke zu, indem ich meine Arme um seinen Hals schlang und ihn küßte – doch mein Kuß wurde zu Eis unter diesem entsetzlichen leeren Blick, unter dieser entsetzlichen schicksalsträchtigen Gleichgültigkeit des Todes.

Und ich weiß, daß sie mir nie Ruhe lassen wird – nie wird sie von meiner Seite weichen und ich fühle, daß sie an meiner Seite bleiben *muß*, bis auch mein Puls zu schlagen aufhört, bis auch mein Blut kalt geworden und mein Blick gebrochen ist, denn sie ist meines Lebens großes, unbarmherziges, unabänderliches Schicksal.

Berlin, Dezember 1893

Sing mir das Lied vom
*Leben und vom Tode ...**

Jetzt war er tot.

Sie saß unbeweglich und sah neugierig hinab auf das bleiche Gesicht mit den geschlossenen Augen.

Wie er sie geliebt hatte! Seine Liebe hatte sie in die Robe einer Königin gehüllt, hatte ihr eine unsichtbare Königskrone auf den Kopf gesetzt, eine Krone, die alle spürten, vor der sich alle verbeugten. Seiner Augen leuchtende Strahlen hatten ein Diadem um ihre Stirn gespannt, stolzer als irgendeine königliche Herrscherin es je getragen hatte. Sie war Königin im Reich der Liebe gewesen, denn nie hatte irgendein Mann eine Frau mehr geliebt als er sie.

Und jetzt war er tot.

Nie mehr sollte sie in seinen Augen lesen, daß sie die Sonne war, um die sich die Erde drehte. Nie mehr sollte sie den Duft der Blumen spüren, die seine Liebe um sie herum züchtete. Die Blumen waren nun verwelkt, und die Knochenhand des Todes hatte die Königskrone von ihrem Kopf gerissen.

Sie saß und schaute ins stille Gesicht des Todes und dachte an alles, was er ihr gegeben hatte und – wie wenig sie ihm zurückgegeben hatte.

Er war tot, und sie saß tränenlos und sah auf sein erstarrtes Gesicht, das früher ihretwegen vor Glück gestrahlt hatte. Sie fühlte sich langsam erleichtert, fast froh. Sie streckte die Arme aus und seufzte tief, wie befreit von einem schmerzlichen Gedanken.

Ach, die Blumen seiner Liebe waren zu üppig um sie herum gewachsen, der Duft hatte ihr das Atmen schwergemacht, die

* Auch im Original deutsch.

Blumenranken hatten sich um ihr Leben geschlungen, bis sie sich an Händen und Füßen gefesselt fühlte.

In seinen Augen lagen stets Tausende Fragen: Liebst du mich? Liebst du mich jetzt? Liebst du mich so … Sie hatte sich wie ein Schuldner gefühlt, der seine Schuld nicht begleichen kann. Sie hatte sich erniedrigt gefühlt, beschämt durch die große, unergründliche Leidenschaft, die selbst zu empfinden ihr die Gabe fehlte.

Und jetzt war er tot, und sie streckte die Arme aus in Wohlbefinden, wie jemand, der aus einem Alptraum erwacht.

Er hatte ihr eine efeuberankte Mauer vors Leben gesetzt, um sie zu zwingen, bloß ihn zu sehen, ihn, ihn. Die würde sie nun niederreißen und sich allen Lüften öffnen.

Und die Zeit verging.

Sie dachte selten an ihn, der tot war, und sehnte ihn nicht zurück. Sie war jung, und ihre Schönheit war von der mannigfaltigen und wechselvollen Art, die die Phantasie fesselt und gefangennimmt. Ihr Lächeln war voller Rätsel, und viele waren es, die sie zu deuten wünschten.

Doch ihre Sehnsüchte gingen weite Wege, und ihr Lächeln galt dem Echo ihrer eigenen Gedanken. Sie begnügte sich mit der bindungslosen Unentschlossenheit ihrer Gefühle, ihrer Gedanken ewigem Ebbe und Flut.

Sie wünschte sich keinen Adler, dessen stolze Schwingen sie zu den Wolken tragen könnten, auch keine Nachtigall, die singend ihre Schönheit priese. Sie wollte ihr Leben mit dem regebogenfarbenen Spinnennetz ihrer eigenen Träume füllen.

Und die Zeit verging.

Und es kam ein Tag, an dem ihre Sehnsucht ein Ziel zu suchen begann, einen Abgrund, in dem sie versinken konnte.

Ein Tag kam, da ihr Herz sich nach dem starken Schlag eines anderen Herzens zu sehnen begann. Und sie begann mit sehnsuchtsvoller Furcht in die Augen zu sehen, die suchend ihre trafen.

Da traf sie eines Tages ein Blick. Er verbrannte sie wie eine Flamme. Sie schloß die Augen verwirrt, geblendet.

Sie kannte diesen Blick, der sie in die Knie zwang mit seiner mächtigen Zärtlichkeit. Früher schon hatte sie diese Flamme um ihr Herz herum lodern gefühlt.

Aber wo? Wann?

Und Tage und Nächte ging sie umher über dieses Rätsel grübelnd, über diese Augen, die sie mit Grauen erfüllten, doch zugleich mit einer krankhaften Sehnsucht, die sie nie zuvor gekannt hatte.

Und mit einem Mal wußte sie es ... Es waren seine Augen! Seine! Die des Toten! Es waren die Augen des Mannes, der sie so inbrünstig geliebt hatte, daß seiner Liebe Flügelschlag selbst nach seinem Tod ihrem Leben folgte.

Kam er, um zu fragen, ob sie ihn wirklich fallengelassen hatte wie ein welkes Blatt, ob sie mit seinem steifen Körper die Erinnerung begraben hatte an ihn und seine Liebe?

Nein, sie wollte diese fordernden Augen nicht sehen, sie wollte jetzt nicht erinnert werden an ihre Schuld. Und sie wich allen Blicken aus, nur um nicht diesem einen zu begegnen mit seiner Flammenfrage, auf die sie keine Antwort suchen wollte.

Und die Zeit verging.

Die fragenden Augen waren wieder aus ihrem Leben verschwunden. Sie hatten sich wieder geschlossen vor Kummer und Zorn des Lebens. Sie suchte die in diesen Augen liegende traurige Anklage nicht mehr zu ergründen.

Da hörte sie eines Tages seine Stimme.

Sie erblaßte vor Entsetzen. Woher kam diese Stimme? Seine Stimme? Nein, nein, das war nicht wahr. Es war der dunkle Gesang des Meeres, der eine Erinnerung in ihrer Seele zum Leben erweckt hatte. Sie war so oft mit ihm den Strand entlang gegangen, sie hatte seine Stimme so oft über seine Liebe sprechen hören im Rhythmus der steigenden und fallenden Wellen ... Doch nein, jetzt hörte sie sie noch einmal ... es war nicht das Meer, er war es, er, der ihr ins Ohr flüsterte, daß er nicht tot sei, daß er niemals sterben könne, da seine Liebe stärker sei als Leben und Tod, da seine Liebe unsterblich sei.

Sie flüchtete aus Angst vor dieser Stimme aus dem Reich der Toten. Sie reiste über Meer und Land, um sich nicht an ihn zu erinnern, an seinen Blick, an seine Liebe, die stärker war als Leben und Tod.

Sie verhärtete ihr Herz, und eines Tages warf sie lachend seinen Ring ins Meer.

Da hörte sie sein Herz schlagen. Sie lauschte. Sie kannte diesen fiebernden Herzschlag. Sie zitterte.

Wie es schlug, dieses große, unergründliche Herz, das nur für sie gepocht hatte! Sie hörte es im Meer, in der Erde unter ihren Füßen, in den großen schwarzen Bergen. Und nun hörte sie sein krankes Herz, angefüllt mit Liebe, klopfen im Innern ihres eigenen. Und sie fühlte, wie er seine Arme um sie legte und sie an dies Herz drückte, das nicht sterben konnte, da es so voller Liebe war.

Und nun hörte sie nur noch ihn, sah nur ihn, ihn überall. Sie fühlte seine Hand die ihre umklammern, sie hörte seine Stimme flüstern immer und immer wieder, wie er sie liebe, daß sie alles für ihn sei, daß kein Tod, kein Grab ihn daran hindern könne, ihr stets zu folgen, in Zeit und Ewigkeit.

Sie hatte in diese Augen gesehen, die in ihr stets eine Glut gesucht hatten, eine Hingabe, die sie nie gefunden hatten. Sie hatte seinen fiebernden Pulsschlag in ihren eigenen Adern gefühlt, sein wild klopfendes Herz in ihrer eigenen Brust – und wurde nun von derselben kranken, hoffnungslosen Sehnsucht nach ihm ergriffen, nach seiner körperlichen Nähe, seiner Leidenschaft, sie wurde von derselben unstillbaren Sehnsucht ergriffen, die sein ganzes Leben vergiftet hatte.

Da beugte sie das Knie vor der Erinnerung an ihn, vor der Erinnerung an seine große Liebe. Sie baute einen Tempel für ihn in ihrem Herzen, und alle ihre Träume, ihre Schmerzen und ihre Sehnsucht ließ sie wie Wellen der Lobpreisung um sein Bild schwappen, das Bild des Mannes, dessen Liebe nach dem Tod ihr Herz besiegt hatte, dessen Liebe nach dem Tod ihr die schicksalsschwangere Gabe ihrer eigenen Sehnsucht geschenkt hatte.

Et la tristesse de tout cela,
oh, mon âme …

Sie steht am Flügel und singt.
Bequem zurückgelehnt sitzt er und lauscht.

Sie steht und singt, in sich gekehrt, versunken in dieses eine, einzige Gefühl, das ihre Seele in die Wolken hebt, in die Sonne. Zeit und Raum schwinden hin in einem leuchtenden Nebel, Vergangenheit und Zukunft treffen sich auf den blauschimmernden Zinnen der Ewigkeit.

Und der Ton lüftet seine nassen Schwingen und flattert träumend hinaus in den Raum, er sucht, sucht, und kehrt mit einem Seufzen zurück.

Erneut hebt er seine weißen Schwingen, und leicht wie Sonnenstaub fliegt er hoch zu den Sternen und setzt sich zwischen sie, selbst ein Stern.

Und nun hebt der Ton seine breiten Schwingen, und majestätisch segelt er hinaus übers weite, weite Meer, über Berge und Zinnen, höher, höher, schwindelnd, alles vergessend, alles – jetzt flog er in die Sonne!

Der Gesang ist verstummt, sie steht bleich und sieht ihn an mit ängstlichen Augen. Sie fühlt, sie weiß, sie hat sich verraten, sie hat sich nackt gesungen. Ihren Schmerz, ihre Sehnsüchte, die ihre Pfeile so weit verschießen, weit über ihn hinaus.

Doch er ist nicht bleich. »Du hast brillant gesungen«, sagt er zufrieden, »so gut hast du das H noch nie erwischt.«

In der Dämmerung

Diese Blume, diese sonderbare Blume ... Sie setzte sich dicht zu ihr und ließ ihren feinen, langen Stengel ihre Knie streicheln.

Der Duft erfüllte sie mit heimlichem Glück. Sie las ihre eigene Sehnsucht in den großen feuchten Augen der Blume. Sie hatte etwas in ihr wiedergefunden, etwas, das ihr verlorengegangen war, ein Klang, ein Ton in ihrer Seele. Er sang eine Hymne, die sie vergessen hatte. Oh, es schmerzte wie eine Verletzung, als eines der großen weißen Augen verwelkte und abfiel!

Und sie dachte an all die verschiedenen duftenden Blumen ihres Lebens. Sie fühlte sie umherflattern um sich wie tausendflügelige, tausendfarbige Vögel. Alle Melodien hatten sie gesungen, alle Farben hatten sie ausgeschüttet über ihre Nächte und Tage.

Doch diese eine einzige Blume, die sie nie zuvor gesehen hatte, die eines Morgens unnahbar und nachdenklich in ihrem Zimmer stand, mit einem Kranz aus leuchtenden Sternen um ihren Kopf, sang ihrer Seele Farbe und Sehnsucht. Und als eine Welle ihres Atems sie traf, fühlte sie, daß sie zitterte und ihr vor Glück heiß wurde.

Viele Sterne waren in ihrem Leben umhergetanzt, glitzernd wie Rauhreif in einem Fichtenhain, tanzend wie die Sterne am Grund eines Sees. Doch dieser eine einsame Stern war der einzige heilige Stern ihres Lebens, der Stern über ihrem Bethlehem ...

Wie jung sie damals war und wie fernab des Lebens! So fern, daß selbst ihre Sehnsucht ihm kaum nahekam. Sie sah sich selbst, den Arm voller Blumen, Kornblumen, blau wie ihr eigenes Gemüt, blau wie ihre leichtsinnige Frühlingsseele. Und sie warf und streute die Blumen um sich, streute und pflückte sie ... gelbe im Haar, rote um die Arme, blaue und weiße ... Tulpen, Veilchen, Flieder ... Und der Duft erfüllte ihre Sinne, doch die Seele schlief.

Dann kamen die Tage der Rosen. Nichts als Rosen, volle, schwere, flammende Rosen ...

Das ganze Leben war eine Rosenhecke, und sie sog den Duft ein mit allen Poren.

Aber als die Rosen welkten, freute sie sich. Sie genoß es, die Ränder der Blätter vergilben zu sehen. Sie nahm beide Hände voll davon und ließ sie fallen, eines nach dem anderen. Sie schüttelte die Hecke, damit ein Regen matter, blasser Blätter auf ihren Kopf rieselte. Und sie sah, daß die Rosen schwarz waren, mit verkohlten Blättern.

Da ging sie langsam an Bächen und Mooren entlang, und sie pflückte die bleichen Wachsblumen des Moors mit ihren flaumigen Stengeln, sie pflückte die weißen Callablumen des Bachs mit den goldenen Mündern, sie sammelte die mattleuchtenden Sterne und Rosen der See mit den kalten, nassen Armen, die ihr schleichend ins Herz wuchsen und sich dort festsaugten.

Doch sie fror, und eines Morgens fühlte sich ihr Herz an wie ein kalter weißer Kristall. Der Glanz schnitt ihr in die Augen, und sie sehnte sich nach geheimen Blumen, beschienen von keiner Sonne, gefährlichen Blumen, die Gift in ihren Adern trugen, betäubend und unverständlich.

Und eines Nachts fand sie tief im Wald, im Innern des Schattens, wohin kein Sonnenstrahl vordringen konnte, eine dunkle und schicksalsträchtige Pflanze mit ausladenden Blättern und schwermütigen Glockenblüten in einer Farbe, die vom Himmel geholt war und aus der Erde. Gierig las sie in ihren umschleierten Augen, preßte sie an ihr Herz, und sie fühlte, daß sie ihren giftigen Atem liebte.

Still nahm sie sie mit zu sich nach Hause, stellte sie triumphal auf den Hochaltar und opferte ihr. Und ein Freudenschauer erfüllte sie, wenn sie das Gift niedertropfen sah, Tropfen für Tropfen über ihr Allerheiligstes …

Aber auch ihre stolze Giftblume welkte, und als die ihre Blätter müde zusammenfaltete, riß sie sie rasend herab von ihrem Heiligtum und schmiß sie hinaus auf die Straße.

Nun wollte sie keine Blumen mehr … Doch sie sprossen hervor, überall wuchsen sie, es wimmelte von ihnen um sie herum, sie flatterten in ihrer Stube umher wie tausendflügelige, tausendfarbige Vögel. Leuchtende Lilien schleckten nach ihr mit glühenden Menschenzungen, Orchideen, Chrysanthemen, Kakteen, Oleander … braune, gelbe, seltsam rote, wie die Märchengrotte leuchtend blaue. Der Duft nahm ihr den Atem … sie hörte ihr Wispern … nun sah sie den ganzen Blumenkübel auf sich zuschreiten … sie drückten sie, preßten sie, bliesen ihr ihren schrecklichen Atem ins Gesicht … sie erstickte … sie erstickte … Oh!

Sie war doch allein, und nur eine Blume, ihrer Seele Blume, stand ihr zur Seite. Die streichelte sie mit ihrem langen feinen Stengel und sah sie an mit den großen weißen Sternenaugen.

Da fühlte sie ihr Herz klopfen vor neuem Glück, sie fühlte seine Saiten erklingen unter dem Blick der Blume: mein Stern, der Stern über meiner Seele!

Und das Lied stieg auf und erfüllte das Zimmer, und sie wußte, daß ihr Glück in ihr wohnte: mein Stern, der Stern über meiner Seele …

In questa tomba oscura ...

Gebeugten Hauptes eilte sie die Straße hinauf und die Straße hinab.

Es war dunkel, und zwischen den hohen, düsteren Häusern pfiff der Wind. Wie ein Schiff unter vollen Segeln trieb er sie voran. Sie wußte, es hatte keinen Zweck, dagegen anzukämpfen, sie wußte, sie mußte voran, voran, bis sie ihr Ziel erreichte.

Was suchte sie? Wohin wollte sie in dieser schrecklichen Nacht? Sie wußte es selbst nicht. Sie schloß die Augen und ließ sich willenlos treiben.

Sie kannte den Weg nicht. Sie kannte diese verschwiegenen, dunklen Zeugen von Kummer und Freuden des Menschen nicht. Sie sah mit Furcht in diese einsamen Lichter, die fieberhaft in die Nacht hinaus leuchteten und von Krankheit erzählten – von Liebe.

Diese geheimen Lichter hinter den dunklen hohen Mauern zwischen dem wispernden Grün der Gärten erinnerten sie an etwas in ihrem eigenen Leben, an das Fieber, das sie diesc Nacht hinausgetrieben hatte.

Was wollte sie? Was wartete auf sie?

Sie wußte nur, daß sich in dieser Nacht das Rätsel ihres Lebens lösen sollte, daß sie in dieser Nacht ihrem Lebensglück von Angesicht zu Angesicht gegenüberstehen würde, oder – ging es um ein Verbrechen, das sie begangen hatte?

Sie erschauderte. Sie hatte das vor so vielen Jahren vergessen. Sie hatte es vergessen und versteckt geglaubt, doch nun, in dieser schwarzen Nacht, während der Sturm sie pfeifend dem unbekannten Ziel entgegentrieb, nun fühlte sie mit jeder Sekunde in Angst stärker und schmerzvoller, daß dieses Eine in ihrer Seele gelebt hatte, sein eigenes unterirdisches Leben gelebt hatte, sich zu einem flammenden, blutroten Fragezeichen ausgewachsen hatte, das nach Antwort schrie, nach Erlösung.

Und in dieser Nacht sollte sie vor dem einen Auge des Schicksals stehen und die Antwort bekommen, die Antwort.

Auf einmal blieb sie stehen. Ängstlich lauschte sie. Um sie herum war es so ruhig und so dunkel geworden, so bodenlos dunkel wie in ihrer eigenen Seele. Wo war sie? Sie befand sich nicht mehr auf der Straße. Sie bebte vor Erwartung, sie fühlte, sie war an ihr Ziel gelangt, daß der Abgrund sich vor ihr öffnete. Und sie zitterte vor Begehren, in diesen Abgrund zu sehen, der sie verschlingen würde, wie sie wußte.

Ein schwaches Leuchten, und sie sah, daß sie sich in einer riesengroßen Halle befand. Die Decke war hoch wie der Himmelsbogen, und vor der Tür, woher das Licht kam, ruhte eine schlafende Sphinx aus Stein.

Langsam ging sie auf die offene Tür zu, hinter der, wie sie wußte, ihr Schicksal auf sie lauerte, um sie in seine Arme zu ziehen und ihr das Blut auszusaugen, Tropfen für Tropfen.

Sie stand vor einem Korridor, der von so hellem Licht erfüllt war, daß es sie im ersten Augenblick blendete und verwirrte. Und als sie die Augen wieder öffnete, sah sie, daß beide Wände des Korridors mit hohen dunklen Bildern von Menschen bedeckt waren, Männer und Frauen, und alle richteten sie ihre drohenden, spöttischen und traurigen Augen auf sie, und sie las in diesen grabesfahlen Gesichtern ein fürchterliches Willkommen. Sie sah sie gemessen nicken mit ihren bleichen Köpfen, und sie las in diesen vielen unergründlichen Augen: Komm, komm näher! Noch bist du nicht da. Wir überbringen nur einen Gruß vom Ziel, das dir zuwinkt.

Sie schauderte zurück vor dieser Reihe lebender Toter. Der Gang war so schmal, daß sie ihr hätten ins Gesicht schlagen können mit ihren leichenkalten Händen, hätten sie sie ausgestreckt. Nun hätte sie ihr Leben darum gegeben, zurückzukehren in Nacht und Sturm, doch das, was sie voranzwang, war stärker als ihre zitternde Todesangst.

Weiter mußte sie durch das dunkle Feuer dieser leeren Augen, weiter mußte sie zu neuen, ungeahnten Schrecken.

Auf einmal stand sie am anderen Ende des Ganges. Sie stand vor einem tiefen grabesfinsteren Gewölbe. Nur von der Decke strömte matt ein grünspanfarbenes Licht, das fahl und unheilspeiend um einen Katafalk auf hohen schwarzen Säulen wogte.

Und nun sah sie, daß dort auf der Bahre, reglos und wartend, eine Leiche lag, ein Mann.

Und nun stand sie an der Bahre und betrachtete sein Gesicht, das Gesicht, dessen Mund ihr die Antwort geben sollte, der einzige, einzige, der sie kannte.

Und der war tot und stumm für ewig, und die Augen, für die sie allen Schrecken des Grabes getrotzt hätte, um einmal in ihnen lesen zu können, ein einziges Mal, waren geschlossen, geschlossen für immer und ewig.

Und während sie dort lag, zu Boden geworfen, und ihre Hände in ohnmächtiger Angst rang, hörte sie hinter sich Schritte, Schritte, die sie kannte, Schritte, die sie geliebt hatte. Und als sie jetzt aufsprang und sich umdrehte, stand er vor ihr, er, der auf der Bahre gelegen hatte, er, der die Antwort besaß. Und er sah sie mit großen, lebendigen, glühenden Augen an.

Und sie legte ihre Hände in seine und sah ihm gierig in die offenen Augen. Und zitternd flüsterte sie, entgeistert: Die Antwort, die Antwort, gib mir jetzt die Antwort!

Da spürte sie seine Hände neu erkalten, in Todesblässe versteifte sich sein Gesicht, und seine Augen schlossen sich schwer unter ihrem verzweifelten Blick.

Lediglich seine Hände drückten ihre Hände fest und unerbittlich, und sie fühlte, wie sie unter seinem Griff verwelkte, unter seinem toten Blick, wie sie verwelkte wie ein Baum im Herbst, während der Sturm wieder seine wilden Todespsalmen sang um sie herum und die Schwärze der Nacht sie auf ewig umhüllte.

De la musique
avant toute chose
Paul Verlaine

Für Astrid!

In der Seele großem, dunklem Saal
Brannte der Stern als Hochzeitsfackel,
Brannte wie eine Flamme auf dem Altar
Über der Seele Tabernakel.

Diesen Stern sah meine Kindheit:
Bleich schien er über der Anhöhe breiter Stirn
Legte sich gleich bleichen Händen
Über der Tiefe phosphorweiße Wasser.

Selbst wenn ich dich aufs Dach des Himmelsbogens setzte,
Den Strahlenkranz fest an die Wölbung nagelnd
In deinem hellen Sehnsuchtsauge
Nur meine eigene Fessel zitternd brennt.

O Stern! Senke dich nochmals in meine Seele!
O Stern! Schmilz darinnen!

Der Stärkere

Personen:

Knut Tonder *Arzt*

Siri Tonder *seine Frau*

Tor Rabbe

Erster Akt

Ein Gartenzimmer. Im Hintergrund offene Türen zum Garten hinaus. Es ist Sommer. Gegen Abend.

SIRI *(geht schweigsam auf und ab. Heftig)* Ist es dir wirklich unmöglich, das zu vergessen? Sollen wir uns das ganze Leben lang von diesem Alptraum bedrücken lassen?

KNUT Wie kann man wohl etwas vergessen, das einen aufwühlt, immer und ewig? Ich las einmal von einem Mann, der ständig von seinem eigenen Skelett verfolgt wurde. Glaubst du, der vergaß das jemals?

SIRI *(schaudert)* Dein Skelett beginnt mir angst vor der Dunkelheit zu machen. Ich sehe, wie es aus deinen Augen starrt. Ich wage dir nicht zu erzählen, daß ich …

KNUT Aber verstehst du denn nicht, daß deine Schweigsamkeit mich quält? Als verstecktest du dich vor mir. Du wirst mir so fremd und fern …

SIRI Spreche ich aber darüber, peinigt es dich doppelt. Glaubst du, ich sehe nicht, wie du leidest? Glaubst du, ich bin so blind?

KNUT Nein, nein, du mißverstehst mich. Es hilft mir doch gerade, darüber zu sprechen. Es beruhigt mich. Oft wünsche ich mir, du würdest mir etwas genauer davon erzählen. Sag mir … wo ist er jetzt? Er reiste weit fort, nicht wahr?

SIRI Doch, er reiste weit fort. Wohin, weiß ich nicht.

KNUT Hat er dir nie geschrieben?

SIRI Warum in aller Welt hätte er mir schreiben sollen?

KNUT Vielleicht ist er tot?

SIRI O nein, so leicht stirbt er sicher nicht.

(Pause)

KNUT Wann hast du ihn zum letzten Mal gesehen? Das interessiert mich, verstehst du … Erzähl ein bißchen vom letzten Mal …

SIRI Wann ich ihn das letzte Mal gesehen habe? … Doch, das war derselbe Tag, an dem er abreiste. *(dankbar)* Es steht mir so lebhaft vor Augen … Ich erinnere mich, ich saß da und erzählte ihm eine blöde Geschichte, die ich im Hotel erlebt hatte, in dem ich wohnte. Ich saß da und lachte …

KNUT *(erregt)* Du saßt da und lachtest …

SIRI Ja, ich saß da und lachte. Doch dann trafen mich plötzlich seine Augen … ein Paar erstaunte, zornige Augen … *(langsam)* Und auf einmal, wie ein Blitz, traf es mich, daß dies doch das letzte Mal war.

KNUT Das letzte Mal?

SIRI Ja, ich fühlte in diesem Augenblick so sicher, so seltsam sicher, daß ich ihn nie wiedersehen sollte. Niemals im Guten.

KNUT *(mit bitterem Hohn)* Und du hast gelitten … nicht wahr?

SIRI *(wendet sich ihm plötzlich zu. Zuckt die Achseln)* Wie kommst du darauf?

(Pause)

SIRI *(geht wieder auf und ab. Harsch)* Soll es wirklich unser ganzes Leben kaputtmachen, daß ein anderer Mann mich besessen hat, vor dir?

KNUT *(fährt zusammen)* Ah, du kannst reichlich brutal sein, wenn du willst.

SIRI *(friedlich)* Brutal?

KNUT Nein, meine Liebe, ich meinte doch nicht brutal. Sagte ich brutal? Das war dann lächerlich. Außerdem ... das geht mich doch eigentlich nichts an. Nur ganz schönes Pech, daß nicht ich dir zuerst begegnet bin. Ganz schönes Pech. *(lacht haßerfüllt)*.

SIRI *(verzweifelt)* Mein Gott, daß du mich so quälen mußt! Daß du uns beide so quälen mußt! Bist du nicht froh darüber, daß ich jetzt dein bin? Siehst du denn nicht, daß ich nur für dich lebe, nur an dich denke.

KNUT *(springt auf. Schlingt die Arme um sie)* Liebe, Geliebte, all das ist doch eine Komödie. All das. Ich weiß selbst nicht, weshalb ich dich unbedingt peinigen muß. Da ist etwas in deinem Gesicht, was mich dazu treibt. *(flüstert)* Du weißt ja nicht, du hast ja keine Ahnung davon, wie ich dich liebe!

SIRI *(zärtlich)* Gewiß doch, ich weiß es. Ich weiß es ja so gut. Aber ... bist du glücklich, Knut?

KNUT Glücklich? ... Das weiß ich nicht, aber ... Siri, sage mir ... bist du auch wirklich mein?

SIRI Ob ich dein bin?

KNUT Bist du ganz mein? Gehören deine Gedanken mir? ... Oftmals fühle ich dich so weit, so unendlich weit weg von mir. Das ist dann, als ob ich dich tatsächlich auf einmal verlöre. Erinnerst du dich an gestern, unten am Strand? Du warst so schön ... Meine ganze Seele ließest du erbeben. Erinnerst du dich nicht, wie ich deine Hand drückte? ... Aber du ... du sahst gleichgültig aufs Meer hinaus.

SIRI *(finster)* Ich spürte dein Mißtrauen und litt. Darum wandte ich mich von dir ab.

KNUT Weißt du, wovor ich mich fürchte?

SIRI Nein.

KNUT *(hält Ausschau)* Wenn er zurückkommt, wirst du mit ihm gehen. Er ist stark und zäh. Du mußt bezwungen werden ...

SIRI *(sitzt eine Weile schweigend da. Dann wendet sie sich ihm zu. Lächelt)* Dann bezwinge du mich …

KNUT Siri, spielst du mit mir?

SIRI *(schmiegt sich in seinen Arm. Eindringlich)* Glaubst du vielleicht, ich würde ein größeres Glück kennen, als bei dir zu sein? Ich habe doch für keinen anderen Augen, nur für dich. Wie schön du bist, und wie gut. *(in plötzlicher Angst)* Was ist das? Wieso bist du auf einmal so still geworden? Woran denkst du?

KNUT *(gezwungen)* An nichts … Nichts. Nur ein Gedanke, der mir plötzlich einfiel. Sage mir … als du zum ersten Mal liebtest … da warst du wohl ungeheuer glücklich? Ich meine strahlend. Hast du nicht gestrahlt?

SIRI *(wendet sich plötzlich zu ihm und sieht ihn lange an. Schmerzerfüllt)* Ooh …

KNUT *(hastig)* Nein, nein, ich möchte dich nicht betrüben. Du hast mich mißverstanden, Siri, was fehlt dir? Bist du wütend auf mich?

SIRI *(schaudert)* Hier ist es so kalt. Laß uns hinausgehen in den Sonnenschein … *(geht auf die offene Gartentür zu, stutzt aber und hält inne)* Wer kann das sein?

TOR RABBE *(kommt langsam durch den Garten, auf die Verandatreppe, entdeckt Siri und Knut und bleibt sofort stehen. Dann tritt er langsam ins Zimmer)* Guten Tag.

SIRI *(bleich. Weicht zurück)* Sie! Sie sind zurückgekommen?

TOR *(betrachtet Siri und Knut eine Zeitlang schweigend. An Knut gewandt)* Mein Name ist Tor Rabbe.

KNUT *(übertrieben freundlich)* Ah… das ist aber außerordentlich liebenswürdig von Ihnen, uns aufzusuchen. Ich habe eine Menge über Sie gehört …

SIRI *(nervös)* Wie erfreulich, Sie wiederzusehen … Ich dachte, Sie seien in Indien oder China oder gottweißwo … auf dem Mond.

TOR RABBE *(setzt sich in aller Ruhe ihr gegenüber. Sieht sie starr an, während sie seinem Blick ausweicht)* O ja, ich bin viel herumgekommen. Ich habe… nach dem Glück gesucht, glaube ich, das es einmal gab.

KNUT Es nützt wohl wenig, umherzureisen und danach zu suchen …

SIRI *(übertrieben scherzhaft)* Und haben Sie das Glück nun gefunden? Und haben Sie es mit zu uns nach Hause gebracht?

TOR *(kalt)* Finden Sie, ich sehe aus wie ein Mann, der das Glück gefunden hat?

KNUT Ja, ja, das Glück … *(geht rastlos auf und ab.)* Jetzt im übrigen … Sie müssen mich entschuldigen … ich habe Patienten, die auf mich warten … Au revoir! *(grüßt verhalten und geht nach rechts)*

(Pause)

TOR *(plötzlich)* Ich bin schon lange hier. Ich bin gekommen, um dich zu holen.

SIRI *(kalt)* Viel zu spät.

TOR Es ist nie zu spät. Aber vielleicht ist es zu früh? Nun, das macht nichts. Ich kann warten.

SIRI *(lächelnd)* Das wird zu lange für Sie. Ich sehe, Ihr Haar ist schon grau.

TOR Ja, ich habe es schwer gehabt.

SIRI *(lacht)*

TOR *(sieht sie eine Weile an)* Du hast dich sehr verändert. Doch das beflügelt mich noch. Du bist für mich ganz neu geworden.

SIRI Sie haben sich ebenfalls sehr verändert! Mich aber beflügelt das nicht im mindesten. Sie sind nicht mehr so stark … und vielleicht auch nicht mehr so zäh?

TOR *(nachdenklich)* Ich nehme dich nicht mit, um dich glücklich zu machen. Nein, nein … weshalb solltest du glücklich sein? Aber es könnte mir Spaß machen, dich wieder jung zu sehen.

SIRI *(vergißt sich)* Oh, ich bin jünger als zu der Zeit, da du mich kanntest. Viel jünger. Ich habe nicht mehr deinen Fuß auf meinem Nacken. Jetzt erst bin ich jung.

TOR Ich habe euch so oft gesehen. Ich habe euch am Strand verfolgt. Oh, wie er dir mißtraut! Wie er dir mißtraut! Und wie er dich stets an die Vergangenheit erinnert. Er zwingt dich förmlich, mich nicht zu vergessen. Das ist schön von ihm, denn ich gebe dich nicht auf.

SIRI *(wütend)* Jetzt bin ich diese Komödie leid. Wie schlecht du mich kennst! Nicht einen Gedanken habe ich dir geopfert, nicht einen. Ich habe alles vergessen, alles, was uns irgendwann verbunden hat.

TOR Das erste Mal, daß ich euch zusammen sah ... das war auf dem Friedhof oben auf der Anhöhe ... ich mußte an den Herbst denken, an gelbe, welke, fallende Blätter. Ich mußte an etwas Abgestorbenes denken ...

KNUT *(kommt herein. Sieht sie scharf an)* Ich habe meine Zigaretten vergessen ... *(suchend)* Was für ein Pech, daß wir uns nie begegnet sind, als Sie zuletzt hier waren, Herr Rabbe. *(bietet Tor eine Zigarette an)* Darf ich? ... Ein halbes Jahr bevor ich kam, sind Sie wohl schon abgereist.

TOR *(nimmt in aller Ruhe eine Zigarette und steckt sie an)* Danke ...

SIRI *(eifrig)* Knut, bleib doch hier! Können deine Patienten nicht ein bißchen warten? Herr Rabbe erzählt so sehr interessant.

KNUT *(kalt)* Nein, nein, ich habe keine Zeit. Und außerdem, ihr habt es doch sehr gut ohne mich.

SIRI Wie du willst.

KNUT *(geht nach rechts ab)*

TOR *(nachdem er gegangen ist)* Schau nur, wie er dir mißtraut. Und du fürchtest dich, fürchtest dich förmlich, mit mir allein zu sein. Wie gut ich dich kenne. Wie ich dieses Zittern um deinen Mund kenne. Wie bei einem kleinen Kind, das sein

Weinen zurückhält ... Aber du verstehst dich zu beherrschen. Das hast du schon immer getan. Es ist nicht leicht, in deiner Seele zu lesen.

SIRI Lieber Herr Rabbe, falls Sie lediglich eine absonderliche Komödie spielen und die Sie unterhält ... so möchte ich Ihnen dieses Vergnügen nicht nehmen. Wenn Sie aber wirklich glauben, etwas zu erreichen, geben Sie es doch lieber schnell auf! Herrgott, es ist so vergebens, so vergeudet ...

TOR *(flüstert)* Erinnerst du dich an das erste Mal, als ich dich bat, mit mir zu kommen? Mir war nur zu klar, du würdest mit »nein« antworten, aber du antwortetest »ja« ... Weißt du, warum?

SIRI *(unwillkürlich)* Nein ...

TOR *(leise)* Weil du mußtest.

SIRI *(fährt zusammen. Spricht dann höhnisch)* Ich hatte sicherlich zuviel Champagner getrunken.

TOR Alles war so geheimnisvoll, erinnerst du dich? Wie es dich reizte, dieses Verbotene, Sündhafte ...

SIRI *(steht auf)* Oh, du konntest gewiß nicht in meiner Seele lesen. Gerade hast du selbst gesagt, daß es sehr schwierig ist.

TOR Eine Ehe ist wohl etwas ziemlich anderes, nicht wahr? Alles so wohlgeordnet, so harmonisch ...

SIRI *(haßerfüllt)* Und erinnerst du dich hieran? Du fühltest dich vermutlich von mir beleidigt, du wolltest mich wohl bestrafen, glaube ich ... Wir waren zusammen auf dem Land ... Du sprachst nicht, du sprachst absolut nicht. Über volle sieben Stunden vermochtest du nicht, mich eines Wortes zu würdigen. O Gott, wie ich dich haßte!

TOR *(nachdenklich)* Verwunderlich genug, daß du mich nie vergessen konntest.

SIRI *(verbissen)* Und einmal hast du mich geschlagen, einfach geschlagen.

TOR Oh, wie du dich danach sehnst, wieder meinen Fuß in deinem Nacken zu spüren!

SIRI Wie böse deine Augen sind!

TOR Übrigens solltest du wirklich mit mir kommen. Das ist genau das richtige Leben für dich. Immer was Neues, neue Orte, seltsame Leute. Ich werde dir Abenteuer bieten, von denen du nie geträumt hast. Und ich werde dich zwingen zu vergessen, was alles böse ist.

SIRI *(lacht plötzlich)* Das ist ja nun ziemlich lustig. Doch offen gesagt: Ich möchte ja nicht unhöflich sein, aber …

TOR *(steht auf)* Ah, du hast genug von mir für diesen Tag. Gut. Ich gehe. Aber ich komme wieder. *(ernst und nachdrücklich)* Ich komme bald wieder, und dann mußt du darauf vorbereitet sein, daß du mit mir gehen wirst. Ich gebe niemals auf. Du bist nun einmal die, die ich besitzen werde.

SIRI *(rasend)* Aber ich gehe nicht mit dir, nie im Leben! Glaubst du, ich lasse mich von dir zwingen? Du sollst nicht wiederkommen! Ich will es nicht. Wie blaß du bist! Starre mich nicht so an. Geh jetzt, geh, geh … geh!

TOR *(geht langsam aus der Tür zum Garten, die Gartentreppe hinab. Dann geht er schnell aus dem Garten.)*

Der Vorhang fällt.

Zweiter Akt

Dasselbe Zimmer.

SIRI *(in tiefen Gedanken vor einem großen Gemälde, das auf einer Staffelei steht, mit der Rückseite schräg vor den Zuschauern. Nach einer Pause)* Du, ich finde, das ist ein äußerst merkwürdiges Bild. Sonst langweilen mich die meisten Bilder eher, dieses aber hat eine so fesselnd unheimliche Stimmung, daß ich gar nicht davon loskommen kann. Ich muß ständig an »das Haus Usher« denken …

(Pause)

KNUT Du … er interessiert dich sehr, nicht wahr?

SIRI *(geistesabwesend)* Doch … wen meinst du?

KNUT Grunnel, den Maler, meine ich.

SIRI Ach so, Grunnel … Doch, ja, er interessiert mich.

(Pause)

KNUT Zuweilen habe ich ein Gefühl, als ob du es genießen würdest, förmlich genießen, mich auf die Folter zu spannen. Das ist natürlich nur eine Einbildung … oder … ist es vielleicht so?

SIRI *(kalt)* Was weiß ich?

KNUT *(auffahrend)* Was sagst du?

SIRI Ich sage, daß ich bald nicht mehr ein noch aus weiß … Geht es vielleicht auch darum, dich zu quälen, wenn ich mir soviel aus Grunnels Malerei mache?

(Pause)

KNUT An eine Sache habe ich oft gedacht, dich aber nie richtig danach fragen wollen.

SIRI *(ihm zugewandt)* Lieber, frag! Worum handelt es sich?

KNUT Also … damals, als wir uns kennenlernten … warst du da eigentlich verlobt mit ihm? Du hast dir im Grunde schon etwas daraus gemacht, daß wir beide zusammen waren, oder nicht?

SIRI *(abgewandt, kalt)* O nein, eigentlich nicht.

KNUT Weißt du selbst, wie kalt und hart du das sagst?

SIRI *(vor ihm)* Sag mir, Knut, glaubst du wirklich ganz ernstlich, daß ich mir nichts mehr aus dir mache? Antworte mir ehrlich: Glaubst du das?

KNUT *(auffahrend)* Glauben? Glauben? Herrgott, gerne gäbe ich mein Leben dafür, glauben zu können, daß ich dir ein Zehntel von dem bedeute, was du mir bedeutest! – Könnte ich nur einen Tag, eine Stunde das sichere Gefühl haben, daß du mein bist! Siri, Siri, wenn du mich wirklich liebtest, müßtest du mir doch für eine Sekunde deine Seele öffnen. Du entgleitest mir, ich bekomme dich nicht zu fassen. Nicht einen Augenblick habe ich dich ganz. Du schließt mich aus, du …

SIRI *(flüstert)* Lieber, wußtest du nicht, daß meine Seele böse ist?

KNUT *(greift sie hart an den Schultern)* Warum quälst du mich? Warum willst du mich leiden sehen?

SIRI *(verzweifelt)* Nein, nein, ich will dich doch nicht quälen. Ich kann es nicht ertragen, dich leiden zu sehen! Du bist der einzige, der gut ist, der einzige, den ich liebe. Kannst du mir nicht glauben? *(gequält)* Weshalb jagst du mich weg von dir? Weshalb hilfst du mir nicht lieber?

KNUT Dir helfen?

SIRI Ich habe immer gewußt, daß ich für das Unglück geschaffen bin. Du bist der einzige, der mir helfen kann. Und du willst nicht. Du willst mich nicht verstehen. Gott, wie du mir mißtraust! Wie du mir mißtraust! Deine Augen folgen mir stets, du …

KNUT Weißt du, was das ganze Unglück ist? Daß ich mir allzu viel aus dir mache – ohne Sinn und Halt. Ich bin viel zu sehr dein Sklave, dein Ding. Das weißt du … und darum verachtest du mich.

SIRI Verachte ich dich? Verachte ich dich, weil du dir etwas aus mir machst? Darum sollte ich dich verachten! Herr im Himmel … Nein, das ist zum Verzweifeln, wir kommen wohl im ganzen Leben nicht dahin, einander zu verstehen.

KNUT Könnte ich dich nur ein einziges Mal mit diesen bezwingenden, gebietenden Augen ansehen, die … die er auf dich zu richten wagte …

SIRI Huh! Erinnere mich nicht an diese schrecklichen Augen!

KNUT Wie blaß du geworden bist! Fürchtest du die Macht dieser schrecklichen Augen?

SIRI Ich hasse ihn so unbeschreiblich!

KNUT *(rasend)* Kannst du mir sagen, was er hier in der Stadt eigentlich macht? Er hat mit niemandem zu schaffen. Er kennt keinen, sucht keinen. Was will er? Warum fährt er nicht wieder weg?

SIRI *(flüstert)* Weil er so grenzenlos böse ist!

KNUT *(geht rastlos auf und ab. Gequält)* Ich finde weder Ruhe noch Frieden, bevor er nicht fort ist. Ich lebe in ewiger Angst, ewiger Angst. Kommt er zurück, wirst du mit ihm fortgehen. Mein Gefühl sagt mir mit Bestimmtheit, daß du mit ihm gehen wirst. Du bist doch wie verwandelt, seit du ihn wiedergesehen hast. Du bist so ruhelos, so grenzenlos traurig. Du bist so traurig, als müßtest du sterben. *(leidenschaftlich)* Siri, ist es möglich, daß du mit ihm gehst?

SIRI *(rasend)* Niemals! Niemals! Lieber sterbe ich, als mit ihm fortzugehen. Willst du mich vielleicht zwingen, mit ihm zu gehen? Ich glaube fast, du jagst mich fort von dir. Du sagst, daß du mich liebst, aber mir scheint, daß du mich haßt wie den Tod. Du behandelst mich noch schlimmer als er – du …

KNUT Siri, du bist außer dir. Ich sollte dich hassen?! Ich sollte dir Böses wollen?! Ich, der ich dich mehr liebe als mein eigenes Leben? Herrgott, ich, der ich vielleicht der einzige Mensch auf der Welt bin, der dich liebt …

SIRI *(außer sich)* Aber verstehst du denn nicht, daß deine Liebe schlimmer ist als sein Haß? Verstehst du nicht, daß du mich quälst, daß du mich alt machst? Ich darf dich ja nicht lieben, ich bekomme ja nicht die Erlaubnis, gut zu dir zu sein! Dein ewiges Mißtrauen macht mich rasend … deine lauernden, spähenden Augen verfolgen mich ewig und allzeit …

KNUT *(beherrscht sich mühsam)* Du hast den Verstand verloren. Du weißt selbst nicht, was du sagst ... Es ist wohl am besten, wenn ich jetzt gehe, du mußt allein sein ... *(da sie nichts sagt, geht er langsam nach rechts ab.)*

SIRI *(macht eine Bewegung, als wollte sie ihm folgen, überlegt es sich aber. Sinkt auf einen Stuhl und birgt ihr Gesicht in den Händen.)*

TOR RABBE *(kommt nach einer Pause langsam die Gartentreppe empor ins Zimmer. Bleibt kurz stehen und sieht sie an. Mit leiser Stimme)* Siri ...

SIRI *(fährt zusammen und wendet sich heftig ihm zu)* Du! Was willst du?

TOR Das weißt du doch ... *(flüstert)* Ich sehne mich so grenzenlos nach dir, Siri.

SIRI Nein, nein, ich komme nicht mit dir! Ich habe dir doch gesagt, daß ich es nicht tun werde. Nein, nein, ich kann nicht. Ich würde keine ruhige Sekunde mehr haben. *(bittend)* Ich bitte dich, ich flehe dich an: Geh jetzt, geh!

TOR Ich sah dich dort unten auf dem Weg. Ich sah dich dort so versunken in Gedanken sitzen, und ich verstand, daß nun die Zeit gekommen war. Ich fühlte, daß du mich erwartetest.

SIRI Wie ich ihn liebe! Du ahnst ja nicht, wie gut er ist.

TOR Oh, welches Mitleid du mit ihm hast! Wie weh es dir tut, daß du mich lieben mußt!

SIRI *(verzweifelt)* Er kann ohne mich nicht leben. Soll ich ihn zerstören?

TOR Oh, du wirst sehen, er lebt schon ohne dich. Er wird sich ein paar Jahre grämen, und dann wird er an dich denken wie man an eine Tote denkt. *(heftig)* Ich hingegen, verstehst du, ich werde nicht ohne dich leben. Schau mein Haar an: Es ist grau geworden vor Verlangen nach dir. – Sieh dir meine Hände an: Kannst du sehen, wie ich dafür gearbeitet habe, dich zu mir holen zu können ... Ich nehme dich in meine Arme und entführe dich. Du entziehst dich nicht ... denn ich weiß, daß du mich liebst ...

SIRI Ich fürchte mich vor dir! Du wirst auf mir herumtrampeln.

TOR Ich werde dich durchs Leben tragen. Ich werde dich mit Zärtlichkeit betäuben.

SIRI Du warst schon immer mein Unglück!

TOR Er glaubt, du bist gut. Das ist sein Unglück. Es ist dir zu schwer, gut zu sein. Es ermüdet dich, du empfindest es als unerträgliches Joch. *(sieht sie an)* Ich kenne deine arme, böse Seele und liebe sie.

SIRI *(rastlos auf und ab)* Ich finde keine Ruhe mehr, wenn ich mit dir gehe. Stets werde ich an ihn denken, an all das Böse, das ich ihm angetan habe, all das Leid, das ich über ihn gebracht habe. Oh, er hatte recht, mir zu mißtrauen ... ich bin so unendlich treulos, so unsagbar treulos ...

TOR *(geht auf sie zu. Ergreift fest ihre Hände)* Verstehst du denn nicht, daß das beste, was du für ihn tun kannst, ist zu gehen? Verstehst du nicht, daß deine Atmosphäre sein Leben vergiftet? Er findet keinen Augenblick Frieden, solange du bei ihm bist. Immer und ewig wird er nur an die eine, eine Sache denken. Er muß doch fühlen, daß du ihn nicht liebst, daß es bloß Mitleid ist, was dich an ihn bindet. Glaubst du vielleicht, er ist glücklich mit dir? Keinen Tag, keine Stunde. Bist du zärtlich zu ihm, glaubt er, es geschieht, um deine Sehnsucht nach mir zu verbergen. Sitzt du schweigsam da, glaubt er ebenfalls, daß du dich sehnst ...

SIRI Oh, was für eine entsetzliche Qual! Es ist wie eine Stimme aus dem Verborgenen, es ist als kämpfte man mit unsichtbaren Kobolden ... Er ist so gut, und doch quält er mich zu Tode. Und wie er leidet, wie er leidet! Allein mein Anblick reicht, ihm Falten auf die Stirn zu treiben ... *(unvermittelt)* Ja, du hast recht; ich muß ihn von mir befreien. Auch für ihn ist es das beste, sicher ist es das beste für ihn ...

TOR *(flüstert)* Und ich werde schon dafür sorgen, daß du ihn vergißt.

SIRI Und ich werde schon dafür sorgen, daß du bedauerst, gekommen zu sein!

TOR Oh, dein Haß wird schmelzen wie Schnee in der Sonne! *(leidenschaftlich)* Du wirst schon sehen, wie ich lieben kann …

SIRI Dann komm, komm … bevor ich es bereue … komm … mein Gott, was wird er tun, wenn er mich nicht findet …

TOR Nein, nein, du mußt ihm sagen, daß du mit mir fortgehst.

SIRI *(verzweifelt)* Nein, nein, nein, das kann ich nicht. Sein Anblick würde mich umbringen … Nein, nein, das kann ich nicht! *(kämpft mit ihm)*

KNUT *(kommt von rechts herein. Bleibt wie gelähmt stehen. Stammelt)* Ich hörte Stimmen … Was … was … Ja. Ihr beide seid ja alte Bekannte …

SIRI Knut …

TOR *(legt seine Arme um sie)* Herr Tonder, Siri kommt mit mir. Sie war zuerst mein, verstehen Sie. Sie gehörte mir, ehe sie Ihre wurde, und nun nehme ich sie mir zurück. Ich kam her, um sie zu holen.

KNUT Siri, ist das wahr? Sag, daß er lügt! Das kann nicht wahr sein, das kann unmöglich war sein …

TOR *(zwingend)* Siri, sag ihm, daß es wahr ist.

SIRI *(verzweifelt)* Knut!

KNUT Es ist also wahr! Mein Gott, welche Komödie hast du mir vorgespielt. *(höhnisch)* Großartig hast du gespielt … ich glaubte dir … beinahe.

SIRI Und du glaubst, daß ich dir eine Komödie vorgespielt habe! Dann glaube das doch! *(rasend)* Dann glaub das, glaub das! Nein, also *beinahe* hast du mir geglaubt! Und ich, die ich … Nein, du großer Gott! …

TOR Kommst du dann? Weshalb verlierst du so viele Worte?

SIRI *(fährt zusammen)* Ja, komm, komm, komm doch nur! *(läuft mit Tor hinaus. Jammernd)* Er glaubt, ich hätte ihm eine Komödie vorgespielt ...

KNUT *(tritt einige Schritte vor, als wollte er ihnen folgen)*

Der Vorhang fällt.

Die Ewigkeit zieht bleich sich hin übers Himmelsrund
Eine Stimme erschallt aus der Wolke
Eine Stimme erschallt vom Grund:
Der Ewigkeit Brunnen sind die Stürme, die singen
Singen ein Lied von der Wolke
Singen ein Lied vom Grund
Singen ein Lied von der Ewigkeit, flammend am Himmelsrund,

Die Ewigkeit schäumt weiß am Gestade,

Hebt ihre Arme,
Und ihre Stimme erschallt:
Blitz und Sturm, ihr singt meine Lieder,
Ihr seid geboren in Schmerz,
Ihr seid geboren im Zorn!

Der Fluß strömt träge und tot
Voll von schmutzigem, klumpigem Blut.
Des Bootes Segel ist flammend rot
Und über dem Mast schwebt naß
Ein freundlicher Geist: eine Fledermaus.

Da nehm ich die bleigraue Haube der Nacht
Und dränge mühsam durchs Jammertal,
Und schütte aus den Blutpokal
Über die dichten Nebel im Tal

Und ich halte des Bootes Flammensegel,
Und ich nicke meiner grauen Freundin zu.
Ich sehe im Fluß das Blut verrinnen
Und ich denke an meines Nachtmahrs Nägel.

Du lieber Nachtmahr!

Du bist meines Herzens Schmerzenskind:
In deiner schwarzen Schwingen Netz
Fängst stets du meiner Träume Schar.

Du starrst ins leere Loch des Hirns,
Derweil wir beide hoch zur Sonne schielen,
Wo glänzend laicht ihre goldene Flut
Über des Stromes Blut.

Zwei starke, bleiche Hände
Zünden die Wollmütze an,
Die in der Winternacht
Auf den Zinnen der Berge brennt.

Eine schwache, verblaßte Erinnerung
Mit Augen müden, blinden
Wenn hell und stark der Tag kommt,
Kann nicht die Mütze finden.

Doch in dumpfen Träumen
Von tiefen Strömen
Sehe ich die Erinnerung blutigrot
Und machtvoll auf mich zuschwimmen.

Niemals kannst du schwinden
Nachtwilde Erinnerung!
In deinen krummen Händen
Hältst du fest mein Kleid
Unter deinen zarten Händen
Barst meines Herzens Eisenring.

Still! Still!
Die Sterne singen seltsamen Gesang
Von einem, der ging seinen letzten Gang
Durch den Rosengarten ...
Still!

Still! Still!
Siehst du das Flackern der qualmenden Kerze?
Hörst du den Schnee, er sinkt in mein Herze
So leise?
So leise ...

Still, o still!
Ich höre einer geliebten Stimme Schall ...
Siehst du, es stürzen die Sterne all
Auf mein Leben?
Stille ...

Wenn die Sonne niedergeht

Personen:

Fin

Ivi

Ein tiefer Raum, ganz im Schatten. An den Wänden dunkle Gobelins. Auf Boden und Tisch kostbare dunkle Teppiche. Im Hintergrund rechts ein großes Bett. Im Vordergrund links ein niedriger viereckiger Tisch: davor ein tiefer Sessel. Auf dem Tisch ein hoher siebenarmiger silberner Leuchter mit brennenden Kerzen. Ivi liegt in einem langen weißen Kleid auf dem Bett.

FIN *(kommt vorsichtig von rechts. Flüsternd)* Ivi ... Ivi ...

IVI *(erhebt sich langsam vom Bett, geht auf ihn zu. Streicht sich über die Stirn)* Ich glaube, ich habe geschlafen. Huh, ich habe schlecht geträumt. Kannst du mich nicht vor bösen Träumen beschützen, Fin?

FIN Komm, setz dich her zu mir. Ich werde schon alle bösen Träume verjagen. Komm her! *(er führt sie zum Sessel. Betrachtet sie lange)* Wie blaß du bist. Wie blaß deine Augen sind und dein Haar ... Wo ist das Licht, das dich durchstrahlte?

IVI Nein, Fin, das war das Blut, das mich vor Glück strahlen ließ. O du, als ich dir begegnete, war es, als ob das Blut in mir auf einmal lebendig würde *(streckt die Arme aus)* Ach, ich spürte es wie tanzenden Sonnenstaub in den Adern!

FIN *(hält fragend ihre Hand hoch gegen das Licht)* Sieh, sieh, es strahlt noch immer, ich kann es durch die Haut sehen. Du bist durchsichtig, Ivi, wie ein Elfenmädchen. Und dein Haar! Dein herrliches Haar ... *(er löst ihr Haar und küßt es)*

IVI Aber verlaß mich nie, sei allzeit bei mir. Versprich mir das, Fin!

FIN Aber du bist krank, Ivi. Du brauchst Ruhe. Du mußt schlafen.

IVI Nein, ich bin nicht krank. Du verstehst das nicht, Fin, du kannst es nicht sehen, aber *(flüstert)* ich bin vergiftet, verhext ... *(schaut schreckhaft)* Du, kann man vor Angst sterben?

FIN Vor Angst? Was soll das? Was hast du zu fürchten? Glaubst du nicht, daß ich stark genug bin, dich zu beschützen vor allem, was böse ist?

IVI Doch, du bist stark. Und darum mußt du immer bei mir sein, damit ich Schwache deine Stärke trinken kann. Meine Liebe zu dir ist tief wie ein Meer, darin ertränke ich all meine Angst und Schwäche.

FIN Wenn du bei mir sitzt, so fest in meinen Armen, und deine Augen strahlen nicht vor Glück, dann muß ich glauben, daß deine Schwäche größer ist als deine Liebe zu mir.

IVI Ich habe so viele seltsame Gedanken ... Erinnerst dich an den Nebel dort unten zwischen den Klippen, damals als sie in die See gestürzt ist? Ach, Fin, der Nebel ist in meine Seele gezogen und verdunkelt nun alles, alle Freude, alles Glück.

FIN Und dein Glück ist nicht stark genug, durch den Nebel hindurch zu leuchten?

IVI Erinnerst du dich an die schreckliche Nacht am Strand, damals, als sie in die See stürzte? Der Nebel lag und wälzte sich zwischen den Klippen. Sie ging weiter und kannte den Weg nicht. Dann hörten wir den Schrei ... Oh, wie du meine Hand gedrückt hast! Fin, du wußtest es ... Du wußtest, daß sie in die See gehen mußte. Antworte mir: Wußtest du es?

FIN *(schweigt)*

IVI Wußtest du es?

FIN Ja, ich wußte es.

IVI *(fährt zusammen)* Wie konntest du das tun?

FIN Ich liebte dich!

IVI Fin, du hast sie ermordet!

FIN Ivi, ich liebe dich!

IVI Du bist schrecklich, Fin, aber ... du liebst mich.

FIN Und du?

IVI Ach!

FIN Erinnerst du dich noch an ebendiese Nacht am Strand? Du sagtest, daß du sie haßtest?

IVI Ja, ich haßte sie. Aber der Tod ... *(angsterfüllt)* der Tod, Fin!

FIN Der Tod! Millionen Menschen gehen zugrunde. Was hatte sie zu verlieren? Und früher oder später muß man doch sterben.

IVI Ja, ja, ja ... aber sterben, sterben! Gelähmt daliegen, blind ... vergessen!

FIN Sie mußte sterben. Es war unser Glück, daß sie in die See ging. Dein Schutzengel hat sie geführt, Ivi. Jetzt ist sie draußen aus der Geschichte.

IVI Oh, glaube nur nicht, daß sie dich so leicht aufgibt. Glaube nur nicht, daß sie draußen ist aus der Geschichte. Sie rächt sich bestimmt, und sie ist stark jetzt, da sie tot ist.

FIN Tot oder lebendig, weder mit dir noch mit mir wird sie fertig!

IVI Dann hilf mir, Fin, ich will nicht von dir gerissen werden!

FIN Nein, so leicht lasse ich dich nicht los.

IVI Ach, was hilft es denn, wenn du mich nicht losläßt? Sie ist jetzt die Stärkste, jetzt, da sie tot ist. Oh, sie zwingt mich schließlich, ihr zu folgen. Bald habe ich keine Kraft mehr zu widerstehen. Wenn du mir nicht helfen kannst, bin ich verloren.

FIN Du träumst, du hast Fieber ...

IVI Nein, nein, jede Nacht kommt sie zu mir. Sie kommt immer dann, wenn du gegangen bist. Sie setzt sich auf mein Bett und starrt mich an mit ihren schrecklichen Leichenaugen und bläst mir ihren Leichenatem ins Gesicht. Huh! Verstehst du jetzt, weshalb ich so bleich geworden bin? Sie bläst allen Glanz aus meinem Haar, sie löscht das Licht in meinem Blut. Oh, ihr Atem ist ein grauer, verpesteter Nebel, ich kann das Licht nicht sehen durch ihn hindurch. Und dann legt sie mir die Arme um die Brust und drückt und drückt ... Huh; sie hat Klauen wie eine Katze und grüne Augen, grün wie Schimmel, widerlich, giftig ... *(springt auf)* Sie wird mich umbringen, sie wird mich umbringen, sie wird mich von dir fortzerren!

FIN Ivi ...

IVI Oh, ich verstehe sie schon ... Wäre ich die Frau, die zur Seite geschleudert wurde um einer anderen willen ... Glaubst du, ich ließe ihr, der Glücklichen, Ruhe? Nein, nein, ich würde sie aussaugen, ich würde sie anpusten, daß sie welken müßte, verwelken und sterben ... oh, sie sollte nicht lächelnd zu Bett gehen dürfen!

FIN *(nachdrücklich)* Ivi, erinnerst du dich an genau diese Nacht, dieselbe gesegnete Nacht, in der sie, geführt von deinem Schutzengel, in die See ging? Ich nahm dich in meine Arme und küßte dich, küßte dich ... Erinnerst du dich, wie du lachtest und weintest vor Glück? Damals hattest du keine Angst vor Gespenstern ...

IVI Und ob ich mich daran erinnere! Wie das Meer von ihrer Leiche sang!

FIN Und du wünschst es ungeschehen?

IVI Nein, nein, Fin, es war unser Glück, unser einziges Glück. Ich liebe dich!

FIN Sei stark, sie wagt sich nicht hervor. Sieh ihr in die Augen. Trotze ihr!

IVI *(wie im Fieber)* Ja, ich werde ihr trotzen. Ich werde ihre Macht brechen. Ich werde stark sein, stark wie du. Sie wird mir nicht das Glück rauben dürfen. Geh jetzt, Fin … Ich fürchte mich nicht mehr. Ich bin müde, ich möchte schlafen, so komme ich zu Kräften.

FIN Ja, ja, schlaf … und wenn du aufwachst, ruf mich. *(küßt sie)* Schlaf, schlaf … Soll ich gehen?

IVI Ja, geh, ich kann nicht schlafen, wenn ich deine Augen sehe. Und ich habe keine Angst mehr. Geh!

(Fin geht)

IVI *(sitzt lang still da und starrt in die Kerzen, steht auf, schaut sich scheu um, geht langsam zum Bett und legt sich darauf.)*

IVI *(richtet sich auf einmal im Bett auf)* Was war das? *(lauscht. Legt sich wieder hin)*

(Stille)

IVI *(fährt auf)* Mein Gott, was war das nur? *(sieht sich verwirrt um)* Ach, warum ließ ich ihn fortgehen, warum ließ ich ihn fortgehen!

(Stille)

IVI *(lauscht, flüstert)* Ich fürchte mich! *(lauter)* Oh, diese Angst!

(Stille)

IVI *(fährt auf. Schlägt mit den Armen um sich)* O Gott, wie schwer, wie eng … oh, ich ersticke! O Fin, Fin! *(verzweifelt)* Er kann mich nicht hören!

IVI *(schreit)* Rühr mich nicht an! Geh, geh! Ich flehe dich auf Knien an: geh! Was hast du davon, wenn mein Leben zerstört wird? Was kann es dir nutzen? Ich komme nicht mit! Geh … Oh! *(richtet sich auf)* Mir träumte … huh, wie schrecklich, wie schrecklich … *(jammernd)* Wieso kommt Fin nicht?

(Stille)

(sie sitzt lange aufrecht und starrt ins Zimmer) Hier ist es so gruselig. Wie stickig und drückend die Luft ist … *(schluckt, legt sich wieder hin)*

(Stille)

IVI *(schreit, kämpft)* Ich ersticke! Ich ersticke! Laß mich ... Laß mich! Du willst mich umbringen ... laß mich! *(springt vom Bett auf. Keucht)* Fin! Fin! Warum kommst du nicht? *(bleibt stehen. Starrt in die Dunkelheit)* Oh, ich sehe dich wohl ... versteck dich nicht vor mir ... Komm nur hervor und laß mich dich ansehen! Laß mich dein fahles, häßliches Leichengesicht sehen ... Glaub nur nicht, ich hätte Angst vor dir! Wage nur mit uns ins Licht und in die Sonne zu kommen ... Die Sonne wird dich schon fortputzen ... Oh! Wird es dir Spaß machen zu sehen, wie er mich küßt? *(lacht höhnisch)* Wird es dir Spaß machen, mich in seinen Armen zu sehen? *(weicht zurück gegen das Bett)* Huh, du verpestest die Luft ... Oh, ich kann nicht atmen ... *(schreit)* Fin! *(keucht)* Fin! Ich ersticke! *(stürzt zur Tür)* Ich ertrage es nicht länger, hier allein zu bleiben ... Oh! *(schwankt und stürzt aufs Bett)* Fin ... komm ... ich ersticke! Fin, ich sterbe ... ich ersticke ...

FIN *(stürzt herein, zieht sie in seine Arme)* Ivi ... Ivi ... Was ist los ... Ivi! *(Stille)*

FIN Ivi!

IVI *(öffnet die Augen)* Fin ... ich ersticke ... Sie ... O Fin ...

Der Vorhang fällt.

Ich stehe am Ufer, wartend und bang
Und sehe die weißen Segel gen Süden gleiten
Mein weißes Boot glitt heim zu Abendzeiten
Gefolgt von meiner schwarzen Vogelschar Gesang.

Bloß ich stehe einsam und folge der langen
Nachtwellen Schlag an die Seite der Klippen,
Verwirrt fühle ich die Schwermutsmilde
Sehnsuchtswilden Klang aus meinem Herzen fangen.

Ich stehe und starre, während meine Sehnsucht klagt,
Über die wolkenverschleierte Stirn der See,
Bis vor meinen müden Füßen Land ich seh

Dein stolzes Schiff mit den roten Rosen des Siegs
Mit des Sieges Ohnmachtszug aus fahlen Toten!
Dein Riesenvogel zieht durch die Nacht …

Der Wind streicht heiß in der Nacht tiefem Abgrunde,
Die tausend wilden Augen zittern für eine Sekunde,
Die schlafende Erde stöhnt ängstlich im Traum
Sie fühlt den Kuß auf ihrem willenlosen Munde.

Alle goldenen Blätter im Wirbeltanz!
Das letzte Spiel …
Mein goldenes Haar: ein flammender Kranz!
Und bald so bleich …

Die Erde öffnet ihren breiten Schoß
Und heraus strömen siedende Fluten:
Funkelnde Blumen
In Regenbogenpracht,
Blut und Feuer!
Mit Angst voller Macht
Heben sie ihren Arm zu den leuchtenden Sternen.

Der Wind streicht lind in der Nacht tiefem Abgrunde,
Tausend Goldsterne zittern für eine Sekunde,
Die schlafende Erde lächelt sanft im Traum,
Sie fühlt den Kuß auf ihrem geschlossenen Munde.

Rastlose Wolken jagen
Über meiner Freuden Tagen
Über meines Sommers heißer Nacht.

Werden ein Schwert, das drohend gezückt
Und meine Sehnsüchte unterdrückt,
Auf daß ihr Ruf verschwindend verstummt.

Ein Vogel werden, der spannt
Seine Schwingen aus und rasant
Über meiner Träume Mohngestrüpp jagt.

Ich habe aus deinem tiefen Brunnen getrunken!
Eines Nachts, während der Mond groß und blutig
Brannte zwischen den krummen Ästen der Kiefern.

Ich habe den Adler fortfliegen sehen,
Erschreckt vom Mond am finsteren Galgen,
Und trüben das Wasser deiner klaren Quelle.

Und die Kraft, die ich aus deinem Wasser trank,
Wurde in meinen gesunden Adern zu Gift,
Während ich wartete, sitzend auf dem Runenstein.

Und das Gift, das in mein Hirn drängte,
Gab mir Macht zu deuten die Runen des Steins,
Derweil der Mond erbleichte hinterm Wald.

Und als die Sonne aufstieg mit Glanz im Osten,
Sah ich des Adlers junge, starke Schwingen
Spreiten sich gleich Flammen überm Himmelszelt.

Ravnegård*

Personen:

Tante Åse *65 Jahre alt*
Gunhild
Sigrid
Thor

Erster Akt

Es ist Spätwinter.
Ein großes, tiefes Zimmer.
Im Vordergrund auf der linken Seitenwand ein riesiger Kamin, in dem das Feuer lodert.

Gunhild steht vor dem Feuer und wirft große Holzscheite in die Flammen. Ab und zu fährt sie zusammen und horcht gespannt. Dann geht sie zu einem niedrigen Tisch in der Zimmermitte. Dort liegen große, seltene Blumen, die sie langsam und nachdenklich in einer hohen, seltsamen Vase anordnet. Sie klingelt, und ein Diener zeigt sich in der Tür.

GUNHILD Steck die Kerzen an … *(der Diener verschwindet und kommt dann zurück, in der Hand einen Kerzenanzünder, mit dem er die Kerzen auf einem schweren, altmodischen Kronleuchter ansteckt, der an der Decke hängt, sowie auf zwei großen siebenarmigen Silberkerzenständern auf dem Kamin.)*

GUNHILD Ist dann alles hergerichtet?

DIENER Ja, gnädiges Fräulein.

GUNHILD Die Blumen, Teppiche? Die Leuchter auf dem Eßtisch?

DIENER Ja, gnädiges Fräulein.

GUNHILD Und der Tisch ist fertig gedeckt?

* Rabenhof

DIENER Ja, gnädiges Fräulein.

GUNHILD Nun, dann ist es gut. Dann kannst du gehen.

(der Diener geht ab. Gunhild bleibt unbeweglich stehen und betrachtet die Blumen, die nun fertig in der Vase angeordnet sind. Tante Åse kommt langsam herein. Geht auf Gunhild zu und schaut sie eine Weile an, ohne zu sprechen.)

TANTE ÅSE Warum siehst du aus, als schmücktest du dein Haus zu deiner eigenen Beerdigung, Gunhild? Schmerzt es dich, deine kleine Schwester für dich verloren zu wissen? Zu wissen, daß sie einem Fremden angehört?

GUNHILD Ist es denn festlich hier, Tante Åse? Das Haus wirkt wie ein Trollschloß über den Wiesen, nicht wahr?

TANTE ÅSE Heute kommt Aschenputtel heim mit seinem Prinzen.

GUNHILD Aschenputtel? Sigrid?

TANTE ÅSE Ja, du warst doch allzeit die Prinzessin, die Herrscherin. *(Schweigen)*

GUNHILD Du hältst im Grund wohl nicht viel von mir, du, Tante Åse?

TANTE ÅSE Du bist so herrschsüchtig, Gunhild. Außerdem ... wer wird aus dir schon schlau, Kind.

(Gunhild setzt sich still an den Kamin, die Hände vor den Knien)

TANTE ÅSE Das Sigridchen mit dem Goldhaar und den großen Augen ... Was für einen Mann kann sie sich wohl ausgesucht haben? Du warst doch auch draußen unter den Menschen: Kennst du ihn vielleicht, Gunhild?

GUNHILD *(antwortet nicht)*

TANTE ÅSE Kennst du ihn vielleicht, Sigrids Mann?

GUNHILD Ja, ich kenne ihn.

TANTE ÅSE Du kennst ihn!

(Schweigen)

TANTE ÅSE Bist du etwa nicht seltsam, Gunhild? Warum hast du mir nie gesagt, daß du Sigrids Mann kennst?

GUNHILD Meine Liebe, Tante Åse, siehst du die Blumen dort in der Vase? Siehst du die, die aussehen wie Fieberflecken im Gesicht eines Kranken? Und schau: Die da gleichen den Eisblumen auf der Fensterscheibe, die man als Kind so über alles liebt ... Und schau, schau: meiner Seele große, bunte Vögel! Sie möchten so gerne zu einem anderen Stern fliegen, dorthin, wo der Raum keine Grenzen hat ... aber sie sitzen so fest an ihrem Stengel, sie sind so an die Erde gefesselt, und sie leiden. Kannst du sehen, wie betrübt alle meine Blumen sind? Ich habe sie alle in meinem Gewächshaus gezogen ... Glaubst du nicht, das ist besser als all die Worte?

TANTE ÅSE Herrgott, Gunhild ...

GUNHILD *(fährt zusammen und lauscht)* Bloß der Wind ...

TANTE ÅSE Ich weiß nicht, woher es kommt, aber all das, was du um dich herum ansammelst: Deine Bücher, deine Bilder, deine Musik, selbst deine Blumen schaffen mir Beklemmung ums Herz.

GUNHILD *(lächelt)*

TANTE ÅSE Ich habe doch nur für dich und Sigrid gelebt. Wie ich mich an alles erinnere, seit ihr beide noch ganz klein wart ... Es stimmt, du hast deine kleine Schwester vergöttert. Wie du ihr in allem und jedem geholfen hast! Entsinnst du dich, wie du ihr langes goldenes Haar gebürstet hast?

GUNHILD War ich gut zu Sigrid, Tante Åse?

TANTE ÅSE So unendlich gut! Aber du warst stets so schweigsam, und wenn sie wie ein Kanarienvogel plapperte, sagtest du immer: Sei doch still, du störst mich.

GUNHILD Ach, sie konnte doch einfach nicht verstehen, wie ich mich nach Stille sehnte!

TANTE ÅSE Jetzt, hier auf Ravnegård ist die Stille größer als alle Meere der Welt.

GUNHILD Ach nein, Tante Åse, sprichst du nicht, knistert das Feuer, oder der Frost kriecht ums Haus, oder der Wind rüttelt an den Türen, oder die Wände spreizen sich. Und selbst wenn alles schweigt, hört man sein Herz schlagen! Ach …

TANTE ÅSE Kind, du weißt selbst nicht, was du willst.

(Schweigen)

TANTE ÅSE Stell dir einen Mann vor, der Augen für Sigrid hatte, obwohl er dich kannte, Gunhild!

(Schweigen. Eine Schar Raben fliegt schreiend am Fenster zur Rechten vorbei.)

TANTE ÅSE *(erschrocken)* Huh, diese Raben! Herrgott, daß du die Raben rund ums Haus erträgst, Gunhild! Man könnte sie doch abschießen lassen. Du vergißt wohl, daß es Unglücksvögel sind …

GUNHILD *(lächelt)* Das Unglück kommt schon, wenn es soweit ist, Tante Åse … *(man hört Schlittenschellen. Gunhild fährt zusammen, erhebt sich und steht lauschend steif da.)*

TANTE ÅSE Sie kommen! Gunhild, wir müssen sie in Empfang nehmen, komm, komm … *(Tante Åse geht eilig hinaus, Gunhild folgt langsam, widerstrebend. Man hört Stimmen aus der Halle. Siris hoch und fröhlich, einzig Gunhilds Stimme ist nicht zu hören. Darauf werden die Türen geöffnet, und herein kommen Tante Åse, Gunhild, Sigrid und Thor.)*

SIGRID *(läuft zum Kamin und wärmt sich die Hände)* Ach, Gunhilds Kamin! Wie herrlich anheimelnd und warm es hier ist! Gunhilds Kamin ist so riesengroß wie kein anderer. Ja, selbst die Flammen in ihm sind phantastischer und bedrohlicher als in irgend einem anderen Kamin auf der ganzen Welt. Findest du nicht auch, Thor?

THOR *(geistesabwesend)* Nein, Sigrid.

TANTE ÅSE Doch, Sigrid hat recht. Ich finde auch, daß alles, was Gunhild gehört, etwas Überirdisches und Unbehagliches an sich hat.

SIGRID *(umarmt Gunhild)* Nein, so habe ich das nicht gemeint. Ich finde nur, daß alles, was du anfaßt, doppelten Wert erhält, Gunhild. Du bist wie der Mondschein, du verschönerst alles.

GUNHILD *(küßt Sigrid)*

SIGRID Thor wollte jetzt nicht nach Hause fahren. Er meinte, wir sollten in den Süden ziehen, wo nun der Frühling anfängt und die Sonne scheint. Er sagte immer: Ich bin abergläubisch. Ich fürchte mich vor den Unglücksvögeln auf Rabenhof. Doch mir ließ es keine Ruhe, Gunhild: Ich mußte heim zu dir und nach Ravnegård. Ich fand keine Ruhe, bis ihr euch die Hände reichen würdet, du und er. Es war, als triebe eine fremde Macht mich nach Hause zu dir und nach Ravnegård. Erinnerst du dich an dein altes Lieblingswort? Alles steht geschrieben in den Sternen …

GUNHILD *(leise)* Sigrid, Sigrid!

THOR *(steht und starrt die Blumen in der Vase an. Schüttelt den Kopf)* Sigrid …

SIGRID *(an seiner Seite)* Das sind Blumen aus Gunhilds Treibhaus, von dem ich soviel erzählt habe. Verstehst du Gunhilds Blumen, kennst du sie selbst, ihre Seele und ihr Herz. *(flehend)* Du wirst meine Schwester doch lieben, Thor? Sonst werde ich unglücklich.

THOR *(legt seinen Arm um sie)* Wenn dich das glücklich machen kann …

SIGRID Gunhild! Thor! Ihr müßt einander küssen … richtig herzlich, wie Schwester und Bruder. Tut es mir zur Freude! Er ist doch dein Bruder, Gunhild … *(Gunhild und Thor weichen beide zurück. Sie sehen einander bleich in die Augen. Dann geht Thor auf Gunhild zu und küßt sie hastig.)*

SIGRID Dank, danke! Ihr beide müßt euch lieben … Die beiden Menschen, die mir am meisten bedeuten auf der Welt.

TANTE ÅSE *(halblaut)* Nun, die beiden scheinen aus demselben Holz geschnitzt. Ebenso stumm und stolz …

SIGRID Was sagst du, liebe Tante Åse?

TANTE ÅSE Ich sage nichts, Kind. Ich bin nur glücklich, daß wir wieder die Sonne in der Stube zurückhaben, ich für mein Teil, mein Liebling.

SIGRID *(zu Gunhild. Leicht vorwurfsvoll)* Redselig bist du ja nie gewesen, Gunhild, du warst stets schweigsam und grüblerisch. Doch jetzt, jetzt … hast du ein Gelübde abgelegt, ausschließlich in einsilbigen Wörtern zu sprechen?

GUNHILD *(lacht plötzlich laut)*

(Schweigen)

GUNHILD *(legt die Arme um Sigrid)* Du bist doch so glücklich und so hübsch. Das macht mich froh.

SIGRID *(unsicher)* Gunhild … Liebe …

TANTE ÅSE Und dein Mann, Sigrid, der macht bestimmt auch nicht viel Worte?

SIGRID Mein Mann? Ach, er ähnelt Gunhild in vielem.

TANTE ÅSE Jetzt wollen wir aber essen. Nach der langen Reise müßt ihr hungrig sein und müde. *(sie klingelt)*

DIENER* *(kommt)*

TANTE ÅSE Können wir essen?

DIENER** Es ist serviert, gnädiges Fräulein.

TANTE ÅSE Dann öffne die Türen, Josef.

(der Diener öffnet beide Türen zum Speisesaal, der festlich erleuchtet ist, der Tisch gedeckt mit Blumen, Kristall und alten Kerzenständern.)

TANTE ÅSE Dann zu Tisch!

SIGRID *(nimmt Thors Arm)* Findest du nicht, daß es herrlich ist hier in meinem Zuhause? So groß und ehrwürdig …

THOR Ich finde alles, was du willst, Kind.

(währenddessen machen sich alle auf den Weg in den Speisesaal)

Der Vorhang fällt.

* Im norwegischen Text fälschlich Gunhild – offenbar ein Versehen.

** ebenso

Zweiter Akt

Dasselbe Zimmer. Einige Zeit später. Nachmittag. Gunhild sitzt vor dem Kamin. Sigrid kommt langsam mit müden Schritten in voller Kleidung für draußen aus der Diele. Während sie sich dem Kamin nähert, nimmt sie Gunhild wahr und fährt zusammen. Sie will sich umdrehen und zurückgehen, aber Gunhild hält sie mit ihren Augen fest. Also geht sie ganz an den Kamin und bleibt vor ihm stehen.

GUNHILD Bist du weit gegangen?

SIGRID Ich war oben beim Rabenhang. Ich stand dort und hörte dem Wasserfall unter mir zu. Das Tauwetter hat den Schnee oben im Gebirge schmelzen lassen, und der Fluß sprengt nun sein Eisbett. Huh, ich mußte mich an der alten Kiefer da oben festklammern, um nicht hinunterzustürzen.

GUNHILD Und fürchtest du dich nicht vor den Unglücksvögeln dort oben am Rabenhang?

SIGRID *(schaudernd)* Der alte Rabe dort oben hat sicher etwas auf dem Herzen. Aber es ist nicht leicht, seinen heiseren Dialekt zu deuten.

(Stille)

GUNHILD Früher bist du nie zum Rabenhang gegangen. Du hast immer gesagt, dein eigenes Herzklopfen müßte dich in den Wasserfall schubsen.

SIGRID Ach, damals. Damals klopfte mein Herz vor lauter Lebensfreude!

GUNHILD Und jetzt, Sigrid …

(Stille)

SIGRID *(ausbrechend)* Ach, Gunhild, was ist es, das mich an Ravnegård abschreckt? Was ist es, das zu lesen ich mich fürchte in deinem Gesicht, das ich früher mehr geliebt habe als alles in der Welt?! *(sie weint)*

GUNHILD *(heftig und zärtlich)* Ach, Schwester, im Herzen der Erde ist flüssiges Feuer, und es gibt Zeiten, da bricht es durch die Kruste und überströmt die Welt … Geliebte Schwester, weine nicht … ich kann dich nicht weinen sehen! *(sie küßt Sigrid mit Heftigkeit und geht rasch nach links ab.)*

SIGRID *(sinkt vor dem Kamin zusammen. Unbeherrscht weint sie eine Zeitlang, steht dann aber auf und trocknet sich die Augen.)*

TANTE ÅSE *(kommt rasch herein und nimmt Sigrid in ihre Arme)* Weshalb weint mein Kind so herzzerreißend? Wer bringt es über sich, dir wehzutun? Ich saß oben auf meinem Zimmer, und es kam mir vor, als hörte ich dein Jammern bis ganz dort hinauf.

SIGRID Nein, nein, du hast dich verhört, ich weine nicht. Ich bin bloß müde, ich bin weit gegangen. Also setzte ich mich vor den Kamin und schaute auf die wechselnden Bilder der Flammen. Sie sind wie das Leben, Tante Åse: Je strahlender es sich aufbaut, desto erbärmlicher muß es zusammensinken …

TANTE ÅSE Doch warum bist du so alleine, Kind? Wo ist der Mann, der spüren müßte, daß du seine Zärtlichkeit um dich benötigst? Mir scheint, du bist allzuoft einsam und traurig, Sigrid.

SIGRID Herrgott, Tante, mein Mann hat doch anderes zu tun, als auf alle meine Launen zu achten.

TANTE ÅSE Von Launen bei dir habe ich noch nie etwas bemerkt, Kind! So lange ich dich kenne, durch zwanzig lange Jahre, warst du nur der Sonnenstrahl, der golden auf alles und jeden schien.

SIGRID Damals war ich ein Kind, Tante …

TANTE ÅSE Daß die Liebe so traurig macht, das wußte ich nicht.

SIGRID *(stolz)* Was also ist es, das du meinem Mann vorwirfst, Tante Åse?

TANTE ÅSE Liebes Kind, gar nichts werfe ich ihm vor. Ich

habe nur den Eindruck, dein Mann ist entsetzlich stolz. Er spricht nur, um seine Gedanken zu verbergen. Möglicherweise bin ich zu alt, um junge Leute dieses Schlags zu verstehen, aber ich sehe deutlich genug mit meinen alten Augen …

SIGRID *(ängstlich)* Was siehst du, Tante Åse?

TANTE ÅSE Ich für mein Teil sehe nur das, Kind, daß meine ureigene kleine Lichtfee, die stets die alten, finsteren Säle von Ravnegård zum Leuchten gebracht hat, daß sie das Licht in ihren großen Augen verloren hat. Daß diese Augen, die ich liebe und die stets mein Herz erfreut haben mit ihrem zärtlichen Frohsinn, nun zu Boden gesunken sind, als ob sie Angst hätten … etwas zu sehen …

SIGRID *(heftig)* Angst! Wovor sollte ich Angst haben?

TANTE ÅSE Willst du dich nicht deiner alten Tante anvertrauen? Was ist es, Kind, das dich unglücklich macht?

SIGRID Wie kannst du glauben, daß ich unglücklich bin, Tante? Ich liebe meinen Mann über alles, und er liebt mich … Wieso hätte er mich sonst zu seiner Frau machen sollen? *(sie weint)*

TANTE ÅSE Aber Kind, warum weinst du? Warum weinst du?

SIGRID *(trocknet sich die Augen)* Ach, Tränen, die nehmen ihren eigenen Weg, sie wissen wohl selbst, warum sie kommen. Ich weiß es nicht, Tante …

(Thor ist in der Tür zu sehen)

TANTE ÅSE Schau, Kind: dein Mann! Frage jetzt ihn, der dich am meisten liebt, warum die Tränen kommen. *(geht ab)*

(Thor bleibt stehen, schaut Sigrid an. Sie sieht weg.)

THOR Sigrid!

SIGRID *(weiter abgewandt)* Thor …

THOR Sigrid, was ist los? Warum willst du mir nicht in die Augen sehen? Warum weichst du mir aus?

SIGRID Thor …

THOR Ist es Ravnegård, das dich so niedergeschlagen und verzagt sein läßt?

SIGRID Hier ist es so finster und wild zu dieser Jahreszeit. Ich glaube auch, daß …

THOR *(leicht aufbrausend)* Daß was, Sigrid?

SIGRID *(kleinlaut)* Daß Ravnegård dich … schweigsamer macht als sonst.

THOR Bin ich so schweigsam?

SIGRID Deine Schweigsamkeit macht mich so einsam, Thor. Es ist, als lauschtest du, als lauschtest du jemandem, der für mich unhörbar spricht. Und als ob die unhörbare Rede dich so vollständig verschlänge, deine ganze Seele …

THOR Sigrid …

SIGRID Ach, Thor: Hier auf Ravnegård hat sich ein Gespenst eingeschlichen. Ich begegne ihm auf der Treppe, oben in unserem Zimmer, selbst oben am Rabenhang steht es und starrt mich mit bösen Augen an …

THOR Du hast recht: Hierzusein ist nicht gut für uns. Sage deiner Schwester, daß wir an einem der allernächsten Tage abreisen müssen.

SIGRID Nein, nein, sage du es ihr. Ich kann es nicht. Ich liebe Gunhild, und ich ertrage es nicht, sie so grenzenlos traurig zu sehen! Ach, weshalb könnt ihr beiden … *(aus sich herausbrechend)* Warum haßt ihr euch, ihr beiden? Warum traut ihr euch nicht, einander in die Augen zu sehen?

THOR Liebes Kind, das ist doch nicht schwer zu verstehen, daß deine Schwester traurig ist, dich zu verloren zu haben, ihr halbes Ich. Du warst ihr Schatten, das Echo ihrer Seele, und ein Echo, das klarer und reiner zurückklang als die Stimme ihrer eigenen Seele …

SIGRID *(leise)* Hältst du Abstand von mir, Thor? Ich habe nie das Gefühl, deine Gedanken nah bei mir zu spüren … Ich sehne mich so nach dir.

THOR Was sollte ich dir sagen können, Sigrid? Ich kann nur deine Hände und Füße küssen … *(er küßt sie)*

(Gunhild ist in der Tür zu sehen)

THOR *(zu Sigrid)* Geh jetzt hinauf zu Tante Åse, dann rede ich mit Gunhild wegen unserer Abreise.

(Sigrid geht. Gunhild tritt langsam auf Thor zu. Ihre Augen glühen sich an.)

(Schweigen)

THOR *(langsam mit harter und höhnischer Stimme)* Ja, Gunhild, du bist stumm wie Isis, die Mutter der Schweigsamkeit, und doch spricht deine Schweigsamkeit eine deutlichere Sprache als tausend Worte anderer Frauen. Glaubst du nicht, ich verstünde dich, ohne in deinen unergründlichen Augen zu lesen?

GUNHILD *(lacht kehlig)*

THOR *(tief und haßerfüllt)* Du willst zum zweiten Mal mein Leben zerstören und diesmal auch meine Seele. Nicht wahr: Das ist all dein Denken und Trachten.

GUNHILD *(lächelt betrübt)*

THOR Du bist wie die Hand des Finsteren selbst, wie du so still bedrohlich dastehst in deinem schwarzen Kleid … Du bist nur für das Unglück geschaffen. Du kannst einen Menschen nur ins Elend stürzen. Aber begreifst du denn nicht, daß du die Macht über mich verloren hast? Daß mir von der Stunde an, als dein guter Geist dich verließ, um mit mir fortzugehen, daß mir seit dieser Stunde deine fahlen Nachstellungen nichts mehr anhaben können?

GUNHILD *(seufzt tief und setzt sich gedankenverloren an den Kamin)*

THOR Wie kannst du deine Schwester ins Elend stürzen, deine Schwester, deren Seele strahlt vor Zärtlichkeit für dich? Deine Schwester, die dich bei Nacht und bei Tag liebkost, allein durch die Art, in der sie deinen Namen ausspricht.

GUNHILD *(bricht in Tränen aus)*

THOR Du bist so wie die Unglücksvögel oben am Abhang, und Sigrid … ach, für Sigrid gibt es keinen Vergleich!

GUNHILD *(springt auf. Leidenschaftlich)* Warum liebst du sie dann nicht?

THOR Wie kannst du es wagen?

GUNHILD Damals mußte ich vor dir fliehen. Ich fühlte mich vergewaltigt, an Leib und Seele … Ich mußte dich abtun, auf dir herumtrampeln. Nie solltest du erfahren, wie du mich in deiner Gewalt hattest …

THOR Und so ließest du mich dir zu Füßen liegen, mich!

GUNHILD Erinnerst du dich an die Worte, die du sprachst, als wir voneinander schieden?

THOR *(drohend)* Ich erinnere mich an die Tage und Nächte, in denen ich mir auf die Zunge biß, um nicht laut zu schreien vor Verlangen nach dir, du, du …

GUNHILD Du sagtest: Dich kann man nicht vergessen. Du bist wie ein langsam verzehrendes Gift in Blut und Seele …

THOR Ich habe das Gift ausgebrannt aus Blut und Seele, so wie nach dem Biß eines tollwütigen Hundes.

GUNHILD Hast du einen einzigen Tag geglaubt, du könntest mich vergessen? Mich, die ich dir ein Leid zugefügt habe, so groß, daß kein Glück es je fortwischen kann.

THOR Weshalb sagst du mir das?

GUNHILD *(flüstert)* Weil ich dich liebe!

THOR *(rasend)* Was wagst du! Ich hasse dich!

GUNHILD Du liebst mich, du liebst mich! Deine Gedanken kreisen allzeit um mich wie Nachtfalter ums Licht. Dein Blut lebt nur von dem Begehren, das du in mir zittern fühlst.

THOR Und Sigrid soll auf dem Altar deines Wahnwitzes geopfert werden?

GUNHILD Ja, Sigrid muß geopfert werden auf dem Altar der

Liebe. Kannst du ihr Schicksal nicht lesen in den großen, erschrockenen Augen?

THOR Niemals, niemals!

GUNHILD *(wild)* Wie konntest du wagen, als ihr Mann hierher nach Hause zu kommen?

THOR Um dir dein schwarzes Herz zu brechen!

GUNHILD Ha, um ihr das reine, weiße Herz zu brechen, das heller leuchtet als Sonne und Sterne.

THOR Sie ist mein Glück und mein guter Geist. In ihren Armen vergesse ich all den Wahnwitz, den du in meinem Blut wecktest.

GUNHILD In ihren Armen zitterst du nach mir. Im Traum sagst du nur meinen Namen. Dein Herz schlägt um mich herum bei Tag und bei Nacht. Ich kann nicht schlafen wegen deines Herzens Pochen!

THOR Du … du …

GUNHILD Verstehst du denn nicht, daß es dort oben in den Sternen geschrieben steht? Verstehst du nicht, daß du und ich dazu verdammt sind, einander ewig zu lieben?

THOR Geh, geh, ich will deine Abgrundaugen nicht sehen!

GUNHILD Sie führte dich selber hierher nach Hause in meine Arme. Du fürchtest dich vor den Unglücksvögeln auf Ravnegård. Doch wer kann seinem Schicksal entfliehen, Thor?

THOR Du liest in den Sternen, wie der Teufel die Bibel liest, Gunhild.

GUNHILD Ach, glaubst du etwa nicht, ich würde mein Leben geben für Sigrid? Doch wie kann ich es, wenn *sie* das Opfer ist?

THOR *(drohend)* Gunhild!

GUNHILD Wir wissen doch alle, wie es kommen muß. Sigrid faltet ihre Hände im Schoß, sie kämpft nicht mehr dagegen an. Nur du wagst nicht, auf die Flügelschläge zu lauschen, die bald über deinem Kopf tosen werden.

THOR Vom ersten Mal an, als meine Augen auf deine trafen, spürte ich das Unglück mit starkem Flügelschlag nahen.

GUNHILD Thor! Sieh mich an, Thor, ein einziges Mal! Einst flehtest du mich an um Liebe ... Sieh, nun hast du mich flehend zu deinen Füßen ... Thor, ich liebe dich! Thor, ein wenig Glück, ehe das Schicksal uns zerbricht!

THOR Gunhild! *(umfaßt sie mit Gewalt)* Ein wenig Glück, ehe das Schicksal uns zerbricht!

Der Vorhang fällt.

Dritter Akt

Derselbe Raum. Gegen Abend. Tante Åse geht in starker Unruhe auf und ab. Sie horcht. Sie wartet. Sie ringt die Hände in ohnmächtigem Zorn. Ihr Blick geht zu einem Bund blühender Tuberosen, die auf einem Tisch stehen. Sie bleibt vor ihnen stehen, faßt sich an die Stirn, als wenn der starke Duft sie quälte. Auf einmal reißt sie die Blumen heraus und wirft sie in den Kamin. Darauf geht sie rasch ab. Die Bühne ist leer.

GUNHILD *(kommt hastig. Leichenblaß.)*

THOR *(gleich danach. Beide bleiben steif stehen und sehen sich in die Augen.)*

GUNHILD *(keuchend)* Sie ist abgestürzt! Sie ist ins reißende Wasser gestürzt!

THOR Sie stürzte über einen gefällten Baum! Mein Gott!

GUNHILD Sie sah uns hier unten. Sie sah, daß du mich in deinen Armen hieltest ... Dann stürzte sie ab ... hinunter in die Stromschnelle ... Thor!

THOR *(zieht sie in seine Arme)* Gunhild, das mußte kommen. Hast du nicht gesehen, wie sie litt?

GUNHILD *(leidenschaftlich)* Ob ich gesehen habe, wie sie litt! Oh!

THOR Und jetzt? Wie blaß du bist. Warum weichst du meinem Blick aus? Du zitterst ja wie ein kleiner Vogel im Nachtsturm. Hast du jetzt unsere Liebe vergessen?

GUNHILD Sprich nicht von ihr, nicht jetzt!

THOR *(drohend)* Gunhild!

GUNHILD Ach, Sigrid, Sigrid! Du warst wehrlos wie ein Kind bei einem Schiffbruch!

THOR *(in sich gekehrt)* Ich verkaufte dir meine Seele, Gunhild, und wenn deine Augen über mir leuchten wie ein Nordlicht am Nachthimmel, dann kann ich nicht an die kleine Taube denken, die auf deinem Altar geopfert werden mußte. Ich kann nur um sie trauern wie um ein Kind, das zu früh starb.

GUNHILD Und ich kann niemals vergessen, wie sie die Arme zum Himmel ausstreckte! Wie sie stürzte ... stürzte!

THOR *(energisch)* Und ich kann alles vergessen, in deinen Armen alles, Gunhild! Wenn ich deinen Mund brennen sehe in deinem blassen Schicksalsgesicht ... wenn du in mein Ohr flüsterst, Worte schwermütig und glühend wie die Blumen in deinem Treibhaus ... Ach, Gunhild, was sind mein Leben und Tod gegen deine Liebe?

GUNHILD Ihre Augen glichen in der letzten Zeit denen eines tödlich getroffenen Hundes. Sie spürte alles, konnte es aber nicht glauben ... Und bald werden sie sie herbringen, ihren zerschmetterten Körper ... und ich werde ihr angstverzerrtes Gesicht sehen müssen, zum ängstlichen Fragezeichen erstarrt ... Nie mehr werde ich ihrer Stimme zärtlichen Klang hören, wenn sie meinen Namen nannte ... Sigrid!

THOR *(schnauft)* Und deine alles vergessende Liebe ... hast du die jetzt vergessen?

GUNHILD Ach, jetzt ist alles in mir finster und wirr ...

THOR Du bist außer dir! Gunhild, du gräbst in meinem Herzen wie der Rabe in dem einer Leiche.

GUNHILD *(sieht Thor eine Sekunde lang entsetzt an. Darauf nachdrücklich)* Nein, Thor, nein! Nur in meinem entsetzten Herzen, das für eine Sekunde schwach wurde vor den Flammenaugen des Schicksals ... Thor, ich liebe dich! Deine Liebe ist für mich der Brunnen des Lebens, aus ihm trinke ich Stärke und Vergessen, Vergessen!

THOR *(ihr zugewandt)* Gunhild!

TANTE ÅSE *(erscheint leichenblaß)* Sigrid ist vom Rabenhang gestürzt! *(drohend)* Gunhild, weißt du, daß Sigrid in den Wasserfall gestürzt ist? *(zu Thor)* Und du, du, ihr Mann und Beschützer, wo warst du, als sie dort oben einsam am Abhang stand? Wo wart ihr beiden, die sie am meisten liebte? Wo wart ihr zwei, als die Verzweiflung sie ergriff?

(Gunhild sitzt stumm da, das Gesicht in den Händen verborgen)

TANTE ÅSE Gunhild, Gunhild, wagst du dich freizusprechen von Schuld an diesem Mord?

GUNHILD *(hebt den Kopf. Braust auf)* Schuld! Schuld! Niemand hat hier Schuld außer dem Schicksal, das Sigrids Sinn auf einen Mann richtete, der nur mich lieben kann!

TANTE ÅSE Also stimmt es! *(heftig, zitternd vor Wut)* Hör mir zu ... hör mir zu, Gunhild! Die letzten Worte, die du aus meinem alten Mund hörst, der dich so oft in den Schlaf gesungen hat, als du noch ein unschuldiger Engel Gottes warst ... Ich verfluche dich! *(leidenschaftlich)* Ich verfluche dich in alle Ewigkeit! Mögen deine verhexten Höllenblumen deine Seele und Sinne mit ihrem giftigen Duft umnebeln, auf daß du niemals mehr Sonne und Licht siehst! Mögest du in Schwermutsirrsinn verfallen! Mögest du ... mögest du ...

(bleibt wie von Sinnen fassungslos stehen, nach Luft schnappend.)

GUNHILD *(schnaubend)* Tante Åse, glaubst du nicht, daß Sigrid, die zerschmettert im Wasserfall liegt, glücklicher ist als ich, die mit dem bösen Blick geschlagen ist? Weh, weh über den

Tag, da ich auf die Welt kam! Aber glaube nur nicht, daß dein Fluch mich von dem Mann trennen kann, den ich liebe und der mich liebt. Komm, Thor, komm ... wir beide sind verdammt, uns ewig zu lieben ... *(sie bricht in Tränen aus)*

THOR *(nimmt sie in die Arme und führt sie hinaus, während*

der Vorhang fällt.)

Dieses versteckte und eingefrorene Missen
Streckt seine Hände aus und versucht mich:
Und alles wird Angst, derweil der Fluß schleicht
Bleich und todesstumm durch den Hafen des Tals.

Dieser vergessene, nur zu bekannte Name
Verliert seinen welken Rosenkranz:
Und Trauer wird Traum, während der Tag birst
Müde, und die Nacht entzündet der Rache Leuchtfeuer.

Sahst du nicht die weißen Schwäne des Traums
Wischen den Schatten vom düsteren Strom?
Sahst du nicht des Friedens weiße Fahnen,

Wo des Zornes grelle Fahne stand?
Doch die Lohe der Rache gemahnt die Trauer
Und die Höhenzüge träumen von Blut.

Für Zenon

Schlaf! Schlaf!
Nun schweigen die zornigen Stimmen.
Als hätte der Tag allzu viele Worte gemacht,
Sinkt die Sonne hinter Hain und Hängen,
Leuchten die Sterne des Himmels über der Erde.
Schlaf!

Schlaf!
Bald erheben sich die vielen Stimmen,
Wecken den Sturm über allen grünen Höhen,
Wecken Sturm in deinen goldenen Reichen:
Dann öffnet der Sturm dein ängstliches Auge …
Schlaf lange!

Wenn der Sturm sich ums Haus wälzt – bei Nacht –
und die Tür sich öffnet wild:
        Dann sehe ich die Angst im Eingang stehen –
grauhaarig – ohne Barmherzigkeit ...
Und ich besitze nicht das Schwert, das
ihr den Kopf abzuschlagen vermag!

Wenn der Mond sich rachsüchtig schleicht ins
Haus – bei Nacht – und die Tür öffnet
sich listig und lange:
        Dann sehe ich im Eingang ausgestreckt
eine Hand – lang – tot ... und ich wage
nicht, wage nicht sie zu schütteln!

Wenn die Sonne schreit am Himmel
– bei Tag – und ihre Goldgroschen spuckt
in die Stube:
        Dann öffnet die Tür sich weit und ich
sehe, daß die Öffnung dem Rachen eines wilden Tiers gleicht!

Staubgraue Schmetterlinge jagt der Wind
Auf des Himmels tiefgoldenem Grund
Ich sehe sie sich scharen um die rote Sonnenkugel.

Auflodern sehe ich sie in derselben Stunde
Die leichten Flügel stehen in Flammen
Und verkohlt werden sie ausgestreut
auf des Gewölbes dunklem Grunde.

Bloß eine grünspanfarbene, giftige Fliege
Klammert sich nun an die Riesenrose der Sonne.
Die langsam verwelkt über des Horizonts Biege.

Und um mein Ohr der Abendwind jammert
Als die Sonne sank, wurden die Schatten so lang …
Was ist es, das in der Abendstille hämmert?

Was macht mein Herz nun so bang?

Die Sünde

Personen:
Hadasa
Miriam
Leon

Erster Akt

Ein großer und reich ausgestatteter Salon.

MIRIAM *(geht auf und ab, wartend, eine Zigarette rauchend)*

HADASA *(kommt, strahlend in weiße Seide gewandet. Bleibt in der Türöffnung stehen. Spähend)* Und Leon?

MIRIAM Leon kommt bald. *(sieht sie an)* Ach, wie du dich zum Fest heute abend schöngemacht hast! Wie du strahlst! Wie ein weißer Stern ... Du siehst aus wie eine Meerjungfrau, Hadasa.

HADASA *(lacht glücklich)* Wie hübsch du das sagst! Bist du so glücklich meinetwegen, Miriam? Bist du froh, wenn du in mir die Schönste von allen siehst?

MIRIAM Kind, für mich benötigst du keine weiße Seide, um die Schönste zu sein. Für mich brauchst du dich nicht herauszuputzen. Du bist seit acht Jahren mein Glück.

HADASA *(nachdenklich)* Acht Jahre ... Und nie habe ich einen anderen Mann beachtet als dich. Seltsam genug, nicht wahr?

MIRIAM Doch, du hast recht. Das ist seltsam genug, hier, wo die Frauen von Mann zu Mann wandern, von Arm zu Arm, wo nichts so wenig beglückend ist wie ein Kuß vom eigenen Ehemann.

HADASA *(zweifelnd)* Schau, das liegt nur daran, daß nicht alle Töchter des Landes mit dir verheiratet sein können. Du bist doch der einzige Mann, dem man mit Anstand treu bleiben kann.

MIRIAM Aha-a, einem anderen Mann würdest du nicht treu bleiben?

HADASA *(lacht)* Einen anderen Mann hätte ich vielleicht deinetwegen an der Nase herumgeführt, Miriam.

MIRIAM Danke sehr! ... Ich habe mich übrigens zwischendurch gewundert über diese Treue in deiner Natur. Ich kann sie mir im Grunde nicht zusammenreimen mit deinem ganzen Wesen ... Du bist so abenteuerlustig, so grenzenlos empfänglich ...

HADASA *(wie zuvor)* Nun, man kann ja nie wissen ...

MIRIAM Hadasa!

HADASA Lach doch, gleich wirst du ernst. Du verstehst keinen Spaß!

MIRIAM *(ernst)* Nein, in diesem einen Punkt verstehe ich keinen Spaß. Ich werde dir eines sagen, Hadasa: Ich kenne bloß diese eine Sünde, das ist für mich die eine, einzige Sünde, die unverzeihlich ist. Das ist die Sünde gegen den Heiligen Geist.

HADASA Ja sicher. Aber sei doch nicht so feierlich! Du willst mir doch nicht den Spaß verderben heute abend. *(einschmeichelnd)* Kannst du dich denn nicht am Anblick deines weißen Sterns erfreuen und all die tanzenden Irrlichter vergessen, denen du nicht die geringste Lust hast zu folgen? Lieber, können jene, die wollen, nicht die Erlaubnis bekommen, in den Sumpf zu fallen? Du und ich, wir beide bleiben am Himmel stehen und leuchten, nicht wahr? Und jetzt, Miriam, sehe ich jetzt nicht mehr aus wie eine Meerjungfrau?

MIRIAM *(lächelt)* Doch, wie eine richtig gefährliche ... *(er geht zum Kamin hinüber und schürt die Glut)*

HADASA *(geht ans Fenster und starrt hinaus. Summt vor sich hin)* Es schneit und schneit ... Daß Leon aber auch nicht kommt ... Warten ist so langweilig.

(Stille)

HADASA Du, Leon ist schon ein seltsamer Mensch. Ist er schon immer auf diese Weise durchs Leben gegangen? Ohne nach links oder rechts zu sehen? Die Menschen sind sozusagen nur mehr oder minder belustigende Schattenbilder für ihn.

MIRIAM Ja, allzulange kenne ihn doch noch nicht. Ich finde es eigentlich etwas schwierig, aus ihm klug zu werden.

HADASA Ja, sicher …

(Stille)

HADASA Ich frage mich, ob er wohl viele Frauen geliebt hat, dieser Leon …

MIRIAM *(kurz)* Ich kann mir nicht vorstellen, daß er auch nur eine einzige geliebt hat.

HADASA Ich weiß nicht, was heute mit mir los ist … *(geht zu Miriam hinüber, streicht über seinen Arm)* Wir zwei sind jedenfalls glückliche Menschen, Miriam, du und ich, nicht wahr?

(man hört es in der Diele klingeln)

HADASA *(erfreut)* Leon kommt … *(es klopft an der Tür)* Herein!

LEON *(tritt auf. Geschmeidig, leicht)* Guten Abend!

HADASA *(reicht ihm die Hand)* Willkommen!

LEON *(stutzt vor Bewunderung)* Ach, Frau Hadasa! *(reicht Miriam die Hand)* Guten Abend; deine Frau strahlt wie Silber, Miriam, direkt ins Herz hinein … *(schüttelt den Kopf)* Wie kann man nur eine so hinreißende Frau haben!

HADASA *(lacht)* Nein, ich bin ein weißer Stern, der am Himmel steht und funkelt …

LEON *(umrundet sie und schaut sie an)* Sie sind zu schön! Sie sind allzu schön …

HADASA Und Sie und Miriam sind das Meer, in dem ich mich spiegele. Oh, das ist sehr angenehm … Aber sind wir nicht spät dran, Miriam? Mußt du nicht nach dem Wagen läuten?

MIRIAM Ach, wir haben noch reichlich Zeit! Hier ist es so schön und gemütlich. *(erschaudert)* Huh, mir graust davor, hinaus in die Kälte zu müssen. Und dann in dem grellen, langweiligen Ballsaal herumzustehen. Hast du nicht bald mal genug von den Festen, Hadasa? Brauchst du ein so ungeheures Meer, dich darin zu spiegeln, Kind?

HADASA Doch, Lieber, bald habe ich tatsächlich genug davon, bald, bald ... Heute abend aber ... heute abend ...

LEON Wie oft darf ich mit Ihnen tanzen, Frau Hadasa? Jeden Tanz?

HADASA *(lacht)* Hör ihm zu, Miriam, er ist verrückt! Er möchte jeden einzelnen Tanz mit mir tanzen. Einen Tanz, lieber Leon, einen einzigen Tanz: einen Lanciers.

LEON *(beugt den Kopf)* Ach, jeden einzelnen Lanciers? Dankeschön, Frau Hadasa!

HADASA Miriam tanzt nicht. Er kann es schlechterdings nicht.

MIRIAM Es macht ihm schlechterdings keinen Spaß.

HADASA Aber Weintrinken, das macht Miriam Spaß. Mir übrigens auch. Auf dem Fest heute abend wollen wir zusammen Champagner trinken, alle drei, nicht wahr?

MIRIAM *(lebhaft)* Ja, wahrhaftig! Champagner müssen wir trinken! Jetzt gleich. Wir haben reichlich Zeit. Ich habe einen vortrefflichen Champagner im Keller.

HADASA *(entzückt)* Ja, ja! O ja, Miriam, dir fällt doch immer das Richtige ein! Genau, wir müssen jetzt Champagner trinken, um in glänzende Stimmung zu kommen für den Ball. Läute, läute nach dem Diener!

MIRIAM Nein, ich gehe selbst und hole ihn. Dort unten findet sich außer mir niemand zurecht. *(er geht)*

(Schweigen)

LEON Sagen Sie mir, Frau Hadasa ... was kann es wohl bedeuten, daß ich so oft von Ihnen träume? Jede Nacht. Was glauben Sie wohl, kann das bedeuten?

HADASA Und was träumen Sie von mir? Das ist natürlich schlicht nicht wahr. *(sieht ihn an, lacht)* Was werden Sie mir jetzt zusammendichten?

LEON Zusammendichten! Ich schwöre: Jedes Wort ist wahr! Soll ich Ihnen erzählen, was ich letzte Nacht geträumt habe?

HADASA Erzählen Sie, wenn es Ihnen Spaß macht!

LEON Dann hören Sie: Ich sah Sie auf mich zukommen, angetan mit nichts als grünen Blättern: Sie ahnen selbst nicht, wie schön Sie in diesem Aufzug waren!

HADASA Na, na …

LEON Dann reichten Sie mir beide Hände, weiß Gott, und dann sagten Sie … Soll ich erzählen, was Sie sagten?

HADASA Was sagte ich denn?

LEON *(näher. Sehr feierlich)* Sie sagten: Küß mich!

HADASA *(lacht)* Oh, nicht ein Wort ist wahr von Ihrem Traum!

LEON Ich schwöre, Sie sagten: Küß mich!

HADASA *(unwillkürlich)* Und dann?

LEON Ja, ich … doch das hätte ich vielleicht nicht tun sollen?

HADASA *(lacht)* Nein, bestimmt nicht.

LEON Was denn? Was hätte ich nicht sollen?

HADASA Was weiß ich, was Sie taten!

LEON Und ob Sie es wissen! *(nah an ihr)* Gott im Himmel, wie ich Sie küßte! Auf den Mund, auf die Augen, das Haar, den Hals … *(flüstert)* Kein Mann hat Sie je so geküßt!

HADASA *(entfernt sich)* Was wissen denn Sie darüber? Mein Lieber, behalten Sie Ihre Träume für sich!

LEON Ja, ich hätte Sie vielleicht nicht küssen dürfen, oder? Sagen Sie mir nur eines: Ist es mir nicht einmal im Traum gestattet, Sie zu küssen?

HADASA *(schaut ihn an. Ist verwirrt)* Nun … also … im Traum … *(nimmt sich zusammen. Lacht)* Nun, das kann ich Ihnen wohl kaum verbieten.

LEON *(nimmt sanft und langsam ihre Hand)* Ihre Hand muß ich doch küssen dürfen?

HADASA *(hebt die Hand. Zeigt lächelnd einen Ring mit einem großen dunklen Stein)* Es ist gefährlich, meine Hand zu küssen!

LEON Ich weiß, selbst Ihren Schatten zu küssen ist gefährlich! Aber so wie Sie liebe ich das Gefährliche …

HADASA Sehen Sie diesen sonderbaren Ring? Unter der Platte ist er mit Gift gefüllt. *(zieht ihn vom Finger. Zeigt ihn ihm)* Haben Sie solch einen je gesehen?

LEON Nein, das habe ich in der Tat nicht. Woher haben Sie ihn?

HADASA Ein Freund von mir war in Indien, dort kaufte er ihn und brachte ihn mir mit. Es handelt sich um eine große Seltenheit. Das Gift, mit dem er gefüllt ist, soll ausreichen, den stärksten Mann auf der Stelle umzubringen. Es macht mir Spaß, ihn an meiner Hand zu sehen. Er ist großartig, nicht wahr? *(hält den Ring empor zum Licht)*

LEON *(ergreift plötzlich ihre Hand und küßt sie lange, heftig)*

HADASA *(willenlos)* Leon … Leon … *(zieht dann die Hand zurück. Entfernt sich)* Nun …

MIRIAM *(kommt. Er klopft den Kellerstaub aus seinen Kleidern. Ihm folgt ein Diener mit Champagner und Gläsern, die er auf dem Tisch abstellt. Er öffnet die Flasche, schenkt die Gläser voll, stellt die Flasche in den Kühlkübel zurück und geht ab.)*

MIRIAM *(gleichzeitig)* Nun? So ernst, Hadasa?

HADASA *(mit gedämpfter Stimmer)* Weswegen warst du so lange fort, Miriam?

MIRIAM Ich war doch nicht lange … Aber laßt uns doch trinken: auf die Schönste, wie?

LEON Ja, auf die Schönste! Auf Frau Hadasa!

HADASA *(nimmt ihr Glas)* Schaut her, jetzt nur die Ringplatte öffnen: Es wäre in weniger als einer Sekunde getan …

MIRIAM *(leicht barsch)* Nicht solche Narrenstreiche, Hadasa!

HADASA *(lacht)* Mir scheint, weiß Gott, du fürchtest dich vor dem Ring. Mir scheint, du glaubst, irgendein Zauber sei damit verbunden.

MIRIAM *(sieht sie lange an)* Es ist, als würdest du dich auf einmal teilen, verdoppeln, vervielfältigen … Und ich bekomme bloß einen Teil von dir zu fassen, einen winzigen Teil …

LEON *(zu Miriam)* Ja, man bekommt ihr Wesen nicht zu fassen. Das wäre wie Sonnenstrahlen fangen.

HADASA Oder einen Regenbogen fangen? Jetzt werde ich der »Frau Hadasa« aber fast etwas überdrüssig … Jetzt leeren wir die Gläser und läuten nach dem Wagen, nicht wahr?

MIRIAM Ich habe den Wagen bestellt, er muß gleich hier sein.

LEON *(leert sein Glas)* So fängt man Sonnenstrahlen!

DIENER *(meldet)* Der Wagen ist vorgefahren.

HAUSMÄDCHEN *(kommt mit einem langen weißen Mantel)*

HADASA *(während das Hausmädchen ihr den Mantel umlegt zu Leon)* Also, Leon: ein einziger Lanciers.

Der Vorhang fällt.

Zweiter Akt

Nächster Nachmittag. Dasselbe Zimmer. Einsetzende Dämmerung.

(Hadasa liegt ausgestreckt auf einer Chaiselongue, die Arme hinter den Kopf geworfen)

MIRIAM *(mit Hut und Pelz, die er auf einem Stuhl ablegt)* Nein, Hadasa, ich muß mich kurz zu dir setzen, bevor ich gehe. Du siehst so blaß aus. Bist du müde?

HADASA Mußt du denn gehen, Miriam?

MIRIAM Ja, ich muß gehen. Du weißt, wie gerne ich hier zu Hause bei dir sitze.

HADASA Ja, ja, ich weiß, für dich ist das Zuhause die ganze Welt.

MIRIAM Wenn es bloß auch für dich so wäre, Hadasa! *(zärtlich)* Nun ja, die Zeit kommt wohl noch, nicht wahr? *(nachdenklich)* Du warst vielleicht zu jung, als du mein wurdest. Nichts, nichts wußtest du vom Leben.

HADASA Nein, das Leben war für mich unbekanntes Land …

MIRIAM Aber du sehntest dich doch in dieses Land, nicht wahr?

HADASA Ich war fast noch zu jung, um mich überhaupt zu sehnen, du. *(Schweigen)*

MIRIAM *(sieht sie an)* Du liegst so ruhig da, so ermattet, so als ob dir alles Blut ausgesaugt wäre … und doch spüre ich, wie die Luft um dich zittert vor Unruhe … Was ist das? Bist du unzufrieden? Was fehlt dir? Noch nie habe ich deine Augen so groß gesehen.

HADASA *(versucht zu lachen)* Damit ich dich besser sehen kann … *(schüttelt den Kopf)* Miriam, Miriam, die Angst, du müßtest raus aus deiner Welt, läßt dich förmlich zusammenschrumpfen.

MIRIAM Nun, nun, Kind, es gab eine Zeit, da es auch dich davor grauste, diese Welt verlassen zu müssen, wo du die Herrscherin bist, wo du die Königin bist. Glaubst du, eine Frau hat dort Macht, wirkliche Macht, wo sie nicht alles gibt?

HADASA *(setzt sich auf)* Ich habe einmal von einem tiefen, beinschwarzen Abgrund geträumt, voller Blumen, die wie Sterne und Monde leuchteten … Blumen an hohen, leuchtenden Stengeln … Aber, lieber Miriam, sieh mich nicht so seltsam an …

MIRIAM *(langsam)* Soll ich glauben, daß du dich von mir fortsehnst, Hadasa?

HADASA *(springt auf. Heftig)* Fort von dir! Nein, dann würden weder Sterne noch Monde mehr für mich scheinen! *(nimmt seinen Arm)* Bleib heute abend zu Hause bei mir, Miriam! *(erregt)* Ich fürchte mich davor, allein zu sein: Du weißt, welch ein Kind ich bin. Ich habe Angst vor der Dunkelheit, du.

MIRIAM Nein, nein, nein, ich muß gehen! Muß! Ich sitze schon viel zu lange hier. Vielleicht kommt Leon und leistet dir Gesellschaft. Ich kann bei ihm vorbeigehen und ihn herschicken, wenn du unbedingt nicht allein sein willst.

HADASA Nein, es ist doch nur Dummheit. Ich finde schon etwas, um mich zu beschäftigen.

MIRIAM Ja, dann leb wohl, Kind! *(zieht den Pelz an, küßt sie)* Ich würde eine Menge drum geben, heute abend zu Hause bleiben zu können. Gute Nacht! *(er geht ab)*

HADASA *(geht unruhig auf und ab. Legt sich dann wieder auf die Chaiselongue und starrt vor sich hin. Es klingelt. Sie fährt hoch, legt sich aber wieder. Es klopft. Sie antwortet nicht. Es klopft lauter.)*

HADASA *(leise)* Herein! *(bleibt reglos liegen)*

LEON *(erscheint an der Tür)*

HADASA *(springt auf)* Was wollen Sie?

LEON Hadasa!

HADASA Wie können Sie es wagen, heute zu kommen? Sagte ich Ihnen gestern nicht, daß Sie keinesfalls kommen dürften ... Daß ich allein sei?

LEON Das ist wahr. Sie sagten, daß Sie allein seien. Ihre Lippen sagten: Sie dürfen nicht kommen, wenn ich allein bin ... Aber Ihre Augen ... Wissen Sie, was Ihre Augen sagten, Hadasa?

HADASA Gehen Sie!

LEON *(dicht bei ihr)* Ihre Augen sagten: Ich bin allein ... Kommen Sie, und wenn hinter Ihnen die Welt zusammenstürzt! Ich kam auf Befehl Ihrer Augen.

HADASA Ich sagte Ihnen gestern, daß ich Sie nicht sehen wolle …

LEON Ich saß im Café an der Ecke und wartete, bis er vorbeikam … Vier Stunden habe ich dort gewartet wie auf die Schlüssel zum Himmelreich!

HADASA Aber jetzt müssen Sie gehen! Da hilft nichts.

LEON Wie sanft und weich Sie das sagen! Mit einer Stimme wie tausend Zärtlichkeiten.

HADASA *(heftig)* Das ist nicht wahr!

LEON *(näher)* Ich liebe dich, Hadasa!

HADASA *(flüchtet)* Gehen Sie, Leon! Jetzt bitte ich Sie!

LEON Glauben Sie nur keinen Augenblick, daß ich gehe! Sie sind so voller Angst vor meiner Macht, vor meiner Macht über Sie … *(weich)* Weshalb wollen Sie mich fortjagen? Ich will doch nur ganz ruhig dasitzen und Sie anschauen … *(nimmt sanft ihre Hand)* Ich darf doch wohl Ihre Hand küssen … Wie Ihre Augen brennen! Ich sehe Ihren Augen an, daß Sie in der Nacht nicht geschlafen haben. Sie lagen da und starrten in die Dunkelheit und dachten … An wen haben Sie letzte Nacht gedacht, Hadasa?

HADASA *(zieht die Hand zurück. Sieht sich um)* Hier ist es so dunkel. Ich werde nach einer Lampe läuten.

LEON Fürchten Sie sich vor der Dunkelheit, Hadasa?

HADASA *(kalt)* Nein!

LEON *(führt sie sacht zur Chaiselongue. Setzt sich an ihre Seite)* Seien Sie nicht so streng zu mir, Hadasa! Haben Sie etwas Mitleid mit einem, der Sie liebt, der an nichts anderes denken kann als an Sie, Sie, Sie! Ich will nur Ihre Hand halten dürfen … Gestern waren Sie ein weißer Stern, ein Stern am Himmel … Heute aber *(flüstert)* heute bist du eine weiße Flamme, Hadasa, eine zitternde, weißglühende Flamme … Wie du bebst … *(nimmt unversehens ihre Hände und küßt sie rasend)*

HADASA *(willenlos)* Leon … Leon …

LEON *(zieht sie an sich)*

HADASA *(sträubt sich)* Nein! Nein! Denken Sie an … an Miriam!

LEON *(heftig)* An Miriam! An Miriam soll ich denken! Das erste, das einzige Mal in meinem Leben, daß mir das Glück über den Weg läuft, soll ich an Miriam denken! Miriam, der acht Jahre lang der glücklichste Mann auf Erden war! Miriam, der dich acht Jahre lang besessen hat! Hast du Miriam nicht genug gegeben? Hast du Miriam nicht alles gegeben? Ich bin acht Jahre zu spät gekommen, ich habe keine Zeit zu vergeuden … Wie kannst du sagen: Denk an Miriam, wenn du mich liebst? *(schlingt die Arme um sie, bedeckt ihr Gesicht mit Küssen.)* Siehst du, Hadasa, du gehörst mir … du gehörst mir … Ich wußte, daß du mein werden müßtest!

HADASA *(reißt sich los. Springt auf)* Nein! Nein! Tausendmal: Nein! Mein Gott, was ist los? Was stimmt nicht mit mir? Ich bin verhext! Ich bin besessen! Leon, Leon! Ich flehe dich an: geh!

LEON *(steht auf)* Keine Macht, menschlich oder übermenschlich, kann mich dazu bringen, jetzt zu gehen, da ich weiß, daß du nicht widerstehen kannst. Ob du mich liebst oder nicht, Hadasa: Ich bezwinge dich mit meiner Liebe! Acht Jahre, Hadasa! Stell dir vor, weitere acht Jahre immerfort dasselbe, wieder und wieder! Oder nein, stelle es dir nicht vor! Fühle nur, wie mein Blut die Arme nach dir ausstreckt … *(schlingt die Arme um sie)* Nun trage ich dich mit mir fort. *(flüstert)* Hadasa … Hadasa … Was nützt es, dagegen anzukämpfen … du bist doch bereits mein … Hadasa …

HADASA *(schlingt plötzlich mit einem qualvollen Schrei die Arme um seinen Hals)*

Der Vorhang fällt.

Dritter Akt

Dasselbe Zimmer. Der nächste Tag. Nachmittag.

HADASA *(liegt zusammengekrümmt auf der Chaiselongue, das Gesicht in die Kissen vergraben. Es klopft. Sie bleibt reglos liegen. Antwortet nicht.)*

LEON *(erscheint. Bleibt bei der Tür stehen und schaut sie an.)*

(Schweigen)

LEON *(sanft)* Hadasa!

HADASA *(springt auf. Flieht rückwärts in die Ecke)* Kommen Sie nicht in meine Nähe. Ich ... ich ...

LEON *(mit ausgestreckten Armen)* Ich liebe dich! Heute tausendmal mehr als gestern!

HADASA *(eruptiv)* Es stimmt also! Stimmt also, daß ... daß ich ... daß Sie ... Mein Gott, ich kenne Sie nicht! Wer sind Sie?

LEON Gestern war ich der Mann, den du liebtest ... gestern ...

HADASA *(in Verzweiflung)* Das ist nicht wahr! Das ist nicht wahr! Sie sind ein fremder Mann. Ich kenne Sie nicht. Ich habe Sie noch nie gesehen!

LEON Deine Verzweiflung macht dich wild. Du fürchtest dich vor Miriams Aufregung und Kummer. *(nähertretend)* Aber warum willst du ihm begegnen? Komm! Komm mit mir! Wir reisen weit fort von allem, was Verzweiflung und Reue heißt ... Was hast du zu bereuen? Was hast du zu betrauern? Ich liebe dich! Komm ...

HADASA *(sieht ihn an. Verzweifelt)* Komm? Was meinen Sie? Warum soll ich mit Ihnen kommen?

LEON Weil dein Platz bei mir ist, Hadasa, weil du mich liebst.

HADASA *(lacht krampfhaft)* Ich sollte Sie lieben! Aber ich sage Ihnen doch: Ich kenne Sie nicht! *(herausbrechend)* Zwischen Ihnen und mir kann überhaupt nichts geschehen sein! *(zu ihm)* Oh, ich flehe Sie an, ich beschwöre Sie: Sagen Sie, daß es nicht wahr ist! Sagen Sie, daß es ein Traum war, ein entsetzlicher Alptraum …

LEON *(lacht kurz)* Nein, das war kein Traum. Es war beglückendste Wirklichkeit. Ich spüre noch immer deine Küsse in meinem Blut.

HADASA *(rasend)* Schweigen Sie! – – Schweigen Sie! Ich will das nicht hören! Ich hasse Sie!

LEON Ich liebe Sie!

HADASA *(sitzt reglos. Starrt vor sich hin)* Der Dornbusch stand in Flammen, und der Herr sagte: Zieh deine Schuhe aus. Der Ort ist heilig. *(langsam)* Aber ich zog die Schuhe nicht aus.

LEON *(leise)* Hadasa …

HADASA *(wie eben)* Und die Blumen leuchteten wie Sterne und Monde … an langen, leuchtenden Stielen … und der Duft, betörend wie der Weihrauchduft in einer Kirche … O, Miriam, Miriam! Was habe ich dir angetan!

LEON Miriam! Miriam! Was ist Miriam jetzt für dich?

HADASA Miriam ist der Mann, den ich liebe! Miriam ist mein Heim, mein Herz … Und ich habe auf ihn gespuckt!

LEON *(bitter)* Und ich? Wer bin ich?

HADASA Sie? Wer Sie sind? Das weiß ich nicht. Nichts weiß ich über Sie! Ich habe heute keine Zeit, an Sie zu denken … Nur einen Gedanken habe ich heute: Miriam! Wie ich ihn bewahren könnte vor dieser Schande … dieser Erniedrigung … Ach, ich sehe sein Haar weiß werden in eben der Stunde, da er versteht … Ich war sein weißes Lamm …

LEON *(spöttisch)* Nur sein weißes Lamm …

HADASA *(zu ihm)* Sie müssen abreisen! Gleich! Ich will Sie nie wiedersehen. Sie dürfen nie mehr in meine Nähe kommen …

LEON *(schaut sie lange an. Lacht zornig)* Nein, Sie irren sich. Ich reise nicht fort! Ich bleibe in Ihrer Nähe, ich folge Ihnen auf

Schritt und Tritt. *(flüsternd)* Ich werde Ihnen mit den Augen folgen, mit allen Sinnen … jedes Spiel Ihrer Mienen, jede Bewegung Ihres Körpers … Und wenn Sie lächeln, werde ich denken: Diesen Mund habe ich geküßt in wahnsinnigem Glück! Und wenn Sie die Arme heben: Diese Arme haben um meinen Hals gelegen …

HADASA Schweigen Sie! Schweigen Sie! Ich verbiete Ihnen, davon zu sprechen! Ach, ich fühle es wie eine glühende Verbrennung in meiner Seele … Ich habe hier Stunde um Stunde gelegen und mein Gesicht in den Kissen vergraben … *(lacht bitter)* wie ein Hase, der glaubt, er sei gerettet und versteckt, sobald er nur den Kopf verborgen hat … Ich habe hier gelegen und mir die Ohren zugestopft vor jeder Erinnerung, vor den Schreien in meinem Innern … Und an die tausendmal sagte ich zu mir selbst: Nichts ist geschehen, nichts ist geschehen … Und dann standen Sie in der Tür … und jetzt erst verstehe ich, oh! was geschehen ist, was ich getan habe, oh!

(Schweigen)

LEON *(bitter)* Und wenn ich abreise? Dann lebst du neue acht Jahre in harmloser Freude mit Miriam, was?

HADASA *(in grüblerischer Verzweiflung)* Ein Tag, zwei Tage, möglicherweise zwei Stunden, dann hat Miriam alles verstanden. Der Altar, auf dem er acht Jahre lang sein Glück aufgebaut hat: herumgetrampelt darauf, gespuckt darauf! Oh, ich kenne ihn! Für ihn ist das tausendmal schlimmer als der Tod … *(dreht nachdenklich ihren Ring)* Ich könnte diesen Stein öffnen, das Gift in ein Glas schütten und trinken … Das wäre eine Rettung für mich! Aber für ihn? … Gott im Himmel: schlimmer als alles andere! Also könnte ich … *(springt plötzlich auf)* Ach, eine Rettung! Die einzige Rettung für ihn! Welches Glück! Welches Glück! *(wendet sich Leon zu, beherrscht sich mit Gewalt)* Miriam muß jeden Augenblick kommen ... Sie verstehen wohl, daß ich ihm jetzt nicht in Ihrer Gegenwart begegnen kann ... Gehen Sie jetzt! *(man hört es klingeln. Beide starren zur Tür.)*

(Schweigen)*

MIRIAM *(kommt)*

MIRIAM *(leise)* Guten Abend, Hadasa! Laß mich dich ansehen. Du sahst so schlecht aus heute morgen, als ich ging. Ich wollte dich nicht wecken.

HADASA *(mit heftiger Zärtlichkeit)* O Miriam, daß du endlich gekommen bist. Du bist ja nie mehr bei mir zu Hause in der letzten Zeit ...

MIRIAM Ich habe viel zu erledigen, Kind.

HADASA Ich muß immer allein herumsitzen und mich sehnen ...

MIRIAM Nun ... oh ... du sehnst dich nach mir? Sieh mich an, Hadasa!

HADASA Und wie ich mich nach dir sehne, Miriam! *(hastig)* Den ganzen Tag bin ich auf und ab gegangen, vor und zurück ... und habe an dich gedacht, an dich! Daran gedacht, was du mir gestern sagtest ... Du hast so recht, Miriam!

MIRIAM Recht? Womit?

HADASA Du hast damit recht, daß einem das Zuhause die Welt bedeuten muß ... Miriam, ich liebe dich!

MIRIAM *(glücklich)* Ich glaube dir. Du hast mich nie belogen.

* Fußnote des norwegischen Herausgebers: In der folgenden Szene zwischen Hadasa und Miriam ist Leon offenbar nicht mehr zugegen, doch ist unklar, wie sein Abgang vonstatten gegangen ist. Die fehlenden Dialoge finden sich anscheinend in Kosterkas tschechischer Übersetzung, wo Leon sich verabschiedet, nachdem er Miriam begrüßt und erzählt hat, daß er nur vorbeigekommen sei, um ihn zu bitten, am Abend in den Klub zu kommen.

HADASA Nein, ich habe dich nie belogen.

MIRIAM *(setzt sich an ihre Seite. Ernst)* Ich muß dir etwas sagen, Hadasa. Aber werde nicht traurig …

HADASA Nein, nein …

MIRIAM Ich hatte in der letzten Zeit das Gefühl, etwas müsse geschehen zwischen uns. Ich befürchtete … ich sage dir ehrlich … ich befürchtete …

HADASA *(zitternd)* Befürchtete? Miriam!

MIRIAM *(die Arme um sie gelegt)* Ich tat dir unrecht, meine Geliebte!

HADASA *(flüsternd)* Sag, was du befürchtet hast …

MIRIAM Nein, nein, erspare mir, das zu sagen! Aber etwas will ich dir sagen, Hadasa: Das, was ich befürchtete, wäre für mich schlimmer, tausendmal schlimmer als der Tod gewesen!

HADASA Schlimmer als der Tod!

MIRIAM O Kind, was ist der Tod gegen dies: seinen weißen Stern verlöschen zu sehen … Das, was man am meisten haßt, hineingeschleppt zu sehen ins eigene Zuhause … *(energisch)* Die Frau, die man liebt, in den Armen eines anderen zu sehen, Hadasa!

HADASA *(mit einem Schrei)* Miriam!

MIRIAM Nein, nein, vergib mir! Wie blaß du geworden bist … Ich habe dich erschreckt … Auf dem Fest … hättest du dich selbst sehen können auf dem Fest: diese anziehende, phosphoreszierende Atmosphäre um dich herum … Deine Augen glitzerten wie Schlangenaugen …

HADASA *(unterbricht ihn)* Ich dachte nur an dich! *(heftig)* Gerade auf dem Fest dachte ich nur an dich. Und ich war glücklich, dabei zu spüren, daß du mir mit den Augen folgtest. *(lacht künstlich)* Ich glaube, ich hatte Lust, dich mißtrauisch zu machen … Aber jetzt ist das vorbei, all das vorbei. Ich habe Feste so über! Die Bewunderung anderer Männer langweilt mich so … Siehst du, ich spürte deinen Kummer, und so begann ich über deine Worte nachzudenken: dein Heim müßte deine Welt sein. Diese Zeit kommt schon auch noch für dich, sagtest du. Und jetzt, am heutigen Tag, ist sie für mich gekommen. O Miriam, von heute an sollst du und unser Heim meine Welt werden!

MIRIAM Hadasa, Hadasa, so glücklich war ich seit sehr langer Zeit nicht! Ich fühle, heute habe ich dich fürs Leben gewonnen. Jetzt brauche ich keine Angst mehr zu haben, dich zu verlieren.

HADASA Nein, jetzt kannst du mich nie mehr verlieren. *(zärtlich)* Du, Miriam, sag mir: Bist du nicht stolz, eine Ehefrau zu besitzen, die niemals einem anderen gehört hat als dir? Nicht mit einem Gedanken … Nicht mit dem entferntesten Echo eines Gedankens?

MIRIAM Doch, das ist Glück und Stolz meines Lebens! Du kennst mich und weißt, wie ich diese Frauen hasse, denen ihr Heim nur ein Platz zum Ausruhen nach des Lebens Festen und Triumphen oder ein stilles Plätzchen ist, wo sie in Ruhe und Sicherheit ihre Liebhaber empfangen können …

HADASA *(wie im Fieber)* Sich vorzustellen, Miriam: Hier ist dein Zuhause … in dein und mein Zuhause sollte ich einen fremden Mann hineinlassen … hier, wo jedes Fleckchen, jeder Stuhl, jeder Teppich tausend Erinnerungen an dich und mich birgt, hier sollten ich und ein Fremder … das ist doch Wahnsinn, Miriam!

MIRIAM Ja, das ist Wahnsinn!

HADASA *(langsam)* Und wenn es geschehen wäre … dann würdest du tausendmal lieber sterben?

MIRIAM *(streng)* Dann lieber den Tod für dich und für mich!

HADASA *(flüsternd)* Aber der Tod … ist nicht der Tod das Schrecklichste, Miriam?

MIRIAM Nein! Siehst du, Hadasa: Du wohnst in jeder kleinsten Zelle meines Blutes, in jeder kleinsten Zelle meiner Seele. Du ganz in jeder einzelnen Zelle. Dich Zelle für Zelle herauszureißen reicht ein Menschenleben nicht aus!

HADASA Spricht nicht davon! Sprich nicht davon! Heute hast du mich doch aufs neue gewonnen, als wäre es der erste Tag, den wir einander liebten. Oh, Miriam, wir müssen unser neues Glück feiern … Nicht wahr? Wir müssen heute Champagner trinken, du und ich. Läute nach dem Diener, laß ihn heute Champagner bringen … laß mich nicht allein!

MIRIAM Natürlich, heute werden wir beide allein zusammen trinken … *(er läutet)*

DIENER *(kommt)*

MIRIAM Bring eine Flasche Champagner. Aber schnell … Bring die Flasche, die im Kühler im Speisezimmer steht!

DIENER *(geht ab)*

MIRIAM O Hadasa! Kind! Wie ich dich liebe, und wie glücklich du mich heute gemacht hast!

HADASA Ach, Miriam, du weißt nicht, was alles ich für dich tun würde!

MIRIAM *(schlingt seine Arme um sie)* Hadasa!

DIENER *(kommt mit dem Champagner und Gläsern, schenkt die Gläser voll und geht)*

MIRIAM Trink nun mit mir, Hadasa! Und sieh mir dabei tief in die Augen!

HADASA *(zitternd)* Miriam, geh, geh! Sag, daß wir für niemanden zu Hause sind … Läute nicht … Sag es nur von der Tür aus …

MIRIAM *(tut, was Hadasa sagt, und indem er ihr den Rücken zuwendet, öffnet Hadasa hastig ihren Ring und läßt das Gift in sein Glas fallen)*

MIRIAM *(dreht sich um)* Schau, jetzt sind wir ungestört! Endlich einmal nach langer Zeit allein, du und ich … Trink, Hadasa!

HADASA *(nimmt ihr Glas. Tonlos)* O Miriam, ich liebe dich mehr, als du glaubst … Leere, leere dein Glas bis zum Boden … auf … auf meine Liebe … *(beide leeren die Gläser)*

MIRIAM *(fällt mit einem Schrei zurück auf seinen Stuhl)* Hadasa!

Der Vorhang fällt.

An einem fernen und sonnenbeschienenen Ort
Treffen sich feierlich meine bleichen Toten
Ihr mondsüchtiges Lächeln soll gebären
Für sie und mich einen neuen und währenden Frieden.

Einmal glitten sie mit mir auf dem Strom
Auf dem Strom, wo des Lebens Rätsel glühten
Und mit mir mußten sie die Fahrt zum Ende büßen
dorthin, dort wo der Strom ins Meer hinabglitt.

Nun in einem fernen sonnenbeschienenen Land
Sitze ich selbst sonnenbeschienen auf Wacht
Und fühle in meinem Herzen der Stärke Macht

Mich fortzuzaubern zur Versammlung ewigen Vergessens
In festlichem Tanz um das alte Feuer
Eine Welt heimgeholt von Lethes Strand.

Edvard Munch Der Tag danach (Dagny Juel) 1894

Lars Brandt
Kein Puppenheim

STECKBRIEF

Dagny Juel, norwegische Schriftstellerin
mit weitgehend unbekanntem Werk.

Geboren am 8. 6. 1867 in der kleinen
südostnorwegischen Stadt Kongsvinger,
ermordet am 5. 6. 1901
in der georgischen Hauptstadt Tiflis
von einem Jünger ihres Mannes.

Verheiratet mit dem polnischen
Dichter und Satanisten
Stanisław Przybyszewski.

Hauptschaffensstätte Berlin,
wo sie als zentrale Figur der Boheme
lemurenhafte Spuren hinterließ,
die durch die Erinnerung an Künstler wie
Munch und Strindberg geistern.

In Norwegen liegen ihre Schriften
seit 1996 gesammelt vor,
in Deutschland bislang nicht.

(Nicht auf dem neuesten Stand.)

Et la tristesse de tout cela,
oh, mon âme …

DAGNY JUEL-PRZYBYSZEWSKA – was ist da übrig außer einem komplizierten Namen, einer vagen Vorstellung von dekadenter Fin-de-siècle-Existenz und ein paar Klatschgeschichten? In unserem Gedächtnis gibt es diese Frau nicht wirklich, schon gar nicht als Autorin. Und doch ist sie auch nicht ganz vergessen, einen Reflex dieser Tatsache sah man in jüngerer Zeit beispielsweise in Zurab Karumidzes Roman *Dagny oder Ein Fest der Liebe* und in Blixa Bargelds Ballade *Grand Hotel Tbilissi*. Etwas muß doch da sein, wie auch immer bewahrt, was von ihr nachschwingt.

Ein Werk ist übrig, wie wir jetzt sehen, eine schmale, aber dichte literarische Hinterlassenschaft von originellem Gepräge. Der eigenartige Ton, den sie anschlägt – abgründig, pathetisch oder knapp (und stets ohne Bemühung, die auch Frauen nicht fremde, aber zu ihrer Zeit selten so direkt und dann auch noch ohne moralische Bewertung thematisierte Bereitschaft zum Bösen zu kaschieren) –, hört sich so an: »Zuerst ein unendliches Lebensglück. Ich sah ihn und wußte im selben Augenblick, daß ich ihn besitzen müßte und daß dies meines Lebens großer, tiefer Inhalt sein sollte. Beide wußten wir, daß wir zusammenleben müßten, sollte es sich lohnen zu leben.« Sätze voll- und hohlklingend zugleich, ebenso leidenschaftlich wie abstrakt, konzentriert und aufs Nötigste reduziert – und darin an die Bilder ihres Freundes Edvard Munch erinnernd. Frisch in Berlin und jung verheiratet, schlägt Dagny Juel diesen Ton gleich mit ihrem ersten (ob bewußt oder nicht programmatischen) Prosatext *Rediviva* vom Dezember 1893 an. Sie ist voller Tatendrang und Lebensdurst. Mit diesen Zeilen geht alles los. Sie ist 25 Jahre alt. Nur acht weitere wird sie noch zu leben haben.

IN DEUTSCHLAND, wo das im Stil ihres umständlich nordisch-slawisch kombinierten Namens leicht verschnörkelte und dafür nicht ganz randscharfe Bild Dagny Juels Ende des neunzehnten Jahrhunderts entstand und wieder verblaßte, blieb dieses Werk weitgehend unbekannt – zwangsläufig, denn soweit es in Teilen veröffentlicht wurde, geschah das auf polnisch, tschechisch, schwedisch, norwegisch, nicht jedoch in deutscher Sprache. Hierzulande behielt man Dagny Juel, wenn überhaupt, aufgrund ihrer gesellschaftlichen Rolle in der Boheme im Gedächtnis, so wie sie vom Tratsch der Zeit überliefert wurde – eine Autorin, die ihre Literatur immerhin in Deutschland schrieb, in den Jahren, als sie in Berlin lebte und in der dortigen Szene künstlerisch verankert war, einem Milieu, das sie mit prägte.

An mehr oder weniger substantiellen Geschichten über sie mangelt es nicht, wie man feststellt, wenn man nach ihnen gräbt: Sie erzählen von einer Frau, die kaum jemanden unbeeindruckt ließ, auch wenn man sie als Schriftstellerin weitgehend ignorierte, von der immensen Liebe zwischen ihr und ihrem Mann, dem polnischen Dichter Stanisław Przybyszewski, und von vielen Affären nebenher – darunter reichlich auch solchen, die es wahrscheinlich nie gegeben hat, mit Männern wie dem ihr in herzlicher Abneigung verbundenen exzentrischen und (vorerst noch) am Rand des Irrsinns wandelnden schwedischen Schriftsteller August Strindberg, der wohl gerne etwas mit ihr gehabt hätte, anscheinend aber nicht ans Ziel seiner Wünsche gelangte. Als Ersatz verfolgte er sie dann mit blankem Haß. Oder etwa mit Edvard Munch, den sie und ihr Mann zu ihren gemeinsamen Freunden zählten, den sie als Künstler bereits schätzten, als noch nicht viele es taten, und den sie beide unterstützten, wie sie nur konnten – aber wohl kaum auf diese Weise. Die Korrespondenz zwischen

Munch und Dagny Juel wird im Munch-Museum zu Oslo verwahrt und legt keineswegs nahe, anderes als eine Freundschaft in dem Verhältnis zu sehen.

Die dramatische und über alle Entwicklungen hinweg bis an ihr Lebensende bestehende Verbindung zwischen Przybyszewski und ihr bestimmte Dagny Juels Leben als Ehefrau, Mutter und auch als Schriftstellerin – sie bündelte alle Widersprüche ihrer Existenz. Ihr Schicksal ist aufs engste verbunden mit einem der problematischsten und haltlosesten Charaktere der skandinavisch-deutsch-slawischen Boheme. Darum muß man auch Przybyszewski mit in den Blick nehmen, will man sich ein Bild von ihr machen. Mit ihm lebte sie umgeben von Männern, die böse Buben sein wollten und sich wild gebärdeten, deren Hintergrund oft jedoch unübersehbar ziemlich brav war. Sowohl Munch als auch Strindberg beispielsweise wuchsen unter dem Einfluß des Pietismus auf, zählten zu ihren Vorfahren Geistliche und arbeiteten sich auf unterschiedliche Weise an diesem Erbe ab.

Dagny Juel hatte sich dieses Milieu der Berliner Boheme vielleicht nicht zielgerichtet ausgesucht, sie war mehr oder weniger zufällig im Schlepptau einer Bekannten hineingerutscht; dann aber nahm sie dort einen Platz in der Mitte ein, geschätzt, ja gar bewundert. In Deutschland wie später in Polen wählten Maler und Bildhauer sie zum Modell. Manche aus der Szene, etwa die Ehepaare Franz und Martha Servaes und Franz und Margot Jung, gaben ihrem Kind den Namen Dagny. Emmy Hennings trat 1916 in dem Varieté-Ensemble »Arabella« unter dem Namen Dagny auf und nannte die Protagonistin ihres Romans *Das Brandmal* Dagny. Andere, wie Richard Dehmel und Wincenty Korab-Brzozowski, widmeten ihr Gedichte oder schrieben gleich eines über sie, Stanisław Korab-Brzozowski, Wincentys Bruder, nahm sich ihretwegen sogar das Leben.

HIER NUN stellen wir erstmals in deutscher Sprache Dagny Juels Schriften vor. Davon ausgehend wollen wir versuchen, uns der Realität ihres Lebens ein wenig anzunähern – skeptisch, wo es angebracht erscheint, zum Beispiel gegenüber manchen Zeitgenossen und ihren Zeugnissen, was durchaus auch für die Erinnerungsbilder einiger gilt, die damals zu ihrer Clique gehörten und die sagenumwobene Frau aus dem Norden aus der Nähe erlebten; besser sollte man sagen, die mitbekamen, soviel sie von ihr mitbekommen konnten oder wollten. Ganz so einfach war das wohl auch nicht. Die Zeit wurde von radikalen Umbrüchen bestimmt, geistigen, seelischen Konvulsionen, und Verwirrendes, kaum zu Verstehendes durchzieht auch Existenz und Charakter dieser Person, ausstrahlend auf jene, die ihr begegneten und die sich in ihren eigenen inneren Paradoxien angesprochen fühlten.

Nicht alle erinnerten sich ihrer so plastisch und arglos wie jener Mann, der ihr einst als Junge begegnet war, wenige Jahre bevor sie unter abenteuerlichen Umständen einem Mordanschlag zum Opfer fiel – fernab der behaglichen südnorwegischen Welt, aus der sie einst aufgebrochen war in die hochkochende Metropole Berlin mit ihrem Dichter- und Künstlermilieu, zu einer Reise, die am märchenhaften »Tor zum Orient« (wie Juels Landsmann Fridtjof Nansen die georgische Hauptstadt Tiflis titulierte) ihr rätselhaftes Ziel fand. Lange vor diesem schaurigen Ende einer melodramatischen Existenz hatte der Knabe Dagny Juel ins Gesicht gesehen, das er später so beschrieb: »Diese hellen, kalten Augen unter ebenso hellen Wimpern erinnerten mich an die sorglosen und geheimnisvollen Augen einer Ziege.«

Ganz unberührt ließ sie wenige, aber mehr als üblich nahm jeder sie auf seine eigene Weise wahr, erinnerte sich anders an sie, manchmal hat es den Anschein, als seien Fakten wie Gesichtsform, Haarstruktur und dergleichen weniger feststelhende Realitäten als Variablen, abhängig von Blick und Stimmung der Betrachter. Auf verwirrende Weise voneinander abweichende Bilder werden von ihr gezeichnet, weshalb sich beim Lesen der Berichte auch von Menschen, die sie kennengelernt haben, das Gefühl einstellt, auf diesem Weg kaum eine klare Vorstellung von Dagny Juel zu erlangen und so letztlich wenig über sie zu erfahren – dafür um so mehr über die Berichtenden selbst, über ihre emotionalen Reaktionen auf diese Frau, von deren starker persönlicher Ausstrahlung immer wieder die Rede ist, hierin sind sich fast alle einig, die sie erlebten. Nur nicht darin, wer eigentlich diesen tiefen Eindruck hervorgerufen hat und durch welche Eigenschaften. Ein gemeinsames seelisches Muster ist hinter den sich widersprechenden Berichten über Dagny Juel zu erkennen: Anstelle einer der Realität verpflichteten Sicht, beginnend bei einer glaubwürdigen und deutlichen Schilderung ihres Aussehens mit handfesten Fakten und plastischen Einzelheiten, abstrakte Stimmungsmalerei und um so massivere Symbolik, so wie sie den Geist der Zeit durchweht und auch das Werk der Schriftstellerin nicht unberührt läßt, um die es hier geht.

UND DIE es noch immer zu entdecken gilt. Schon ihre Umgebung damals blendete weitestgehend aus, daß sie überhaupt literarisch tätig war: Nicht von der Dichterin zeigten sich ihre Freunde und Bewunderer, Männer wie Frauen, beeindruckt, sondern von der (in einem allgemeineren Sinn durchaus als schöpferisch und inspirierend wahrgenommenen) Frau. Die Rede ist immer wieder von ihrer Erscheinung und ihrem Auftreten. Sie nicht gesehen zu haben, schreibt der Schriftsteller und Kunstvermittler Julius Meier-Graefe, »ist der Verlust einer durch nichts zu ersetzenden Erfahrung«. Er hatte sie während einiger Jahre immer wieder aus der Nähe wahrgenommen, in größerer oder kleinerer Runde, und brachte im Rückblick noch vierzig Jahre später größte Bewunderung für sie auf, in jeder Hinsicht, auch für ihren Geist.

Allerdings hob er ausdrücklich als ihre besondere Stärke hervor, daß sie es, wie er meinte, eben nicht darauf angelegt hätte – so wie all die anderen Schriftsteller und Maler um sie herum –, ein materielles Werk zu produzieren, weil (um sein Argument zusammenzufassen) alles, was sie zu bieten hatte an poetischer Substanz, in ihre persönliche Präsenz eingeflossen sei. Er würdigte eben dies durchaus als künstlerische Kreation, nur eben ohne Umweg über das geschriebene Wort: »Sie war ebenso unnütz wie die schreitende Nike auf dem marmornen Schiff« (aus dem Louvre), schreibt er, so als ob der Geist Rimbauds, der mit Zwanzig zu dichten aufhörte, um danach nicht länger durchs Papier vom Leben und den anderen Menschen getrennt zu sein, noch über dieser Wahrnehmung geschwebt hätte.

Zugleich klingt hier aber bereits eine wache und nicht von ungefähr kommende, auf das progressive Potential jener Szene, in der Dagny Juel sich bewegte, verweisende Vorahnung künstlerischer Praxis an, die sich erst später im Surrealismus richtig entfalten sollte. Auch an etwas wie die *Acht-Punkte-Proklamation des poetischen Actes* aus der Feder (oder vielmehr der Schreibmaschine) des Avantgardedichters H. C. Artmann kann man denken, die selbst 1953, als er sie aufsetzte, noch fortschrittlich war mit der darin zum Ausdruck gebrachten Auffassung, ein Dichter brauche nicht zu schreiben, um einer zu sein – oder sogar an ähnliche, noch später formulierte Tendenzen im Kontext von Fluxus. »Sie hatte nicht den Drang, die ihr in reichem Maße verliehenen Talente zu betätigen, und rief nicht die Erwartung von Taten hervor«, behauptet Meier-Graefe.

Ersteres ist nachweislich falsch, wie ihre hier vorliegenden Texte beweisen. Das zweite aber deutet darauf hin, daß sie selbst an dem Mißverständnis beteiligt war: Sie brachte andere, sagt er, gar nicht auf die Idee, sie könnte beabsichtigen, materiell-künstlerisch zu produzieren – und darum auch nicht dazu, die Wahrnehmung ihrer Person auf dieses Fundament zu stellen. Es könnte ein Moment selbstgewollter, jedenfalls aber hingenommener Verwischung ihres Profils mitschwingen, das offenbar kein stabiles, nach außen hin verteidigtes Selbstverständnis als Künstlerin umschloß, wenn sie sich nicht nur schwertat, ihre Texte ans Licht der Öffentlichkeit zu bringen, sondern auch daran mitwirkte, daß gar nicht erst die Vorstellung aufkam, sie könne etwas anderes beizusteuern haben als die Ausstrahlung ihrer Persönlichkeit.

Vermutlich wird man Dagny Juels Schicksal und ihrem Werk kaum näherkommen können, wenn man das nicht im Blick behält. Die Frau, von der Meier-Graefe so beeindruckt war, schrieb immerhin, und vollständig unbekannt konnte das keinem aus dem Kreis sein. Darüber hinweggehend nur ihre poetische Aura hervorzuheben und als künstlerische Leistung zu verabsolutieren bezeugt – auch wenn die Autorin selbst offenbar wenig tat, um als solche wahrgenommen zu werden – neben scharfsichtiger Antizipation zukünftiger Entwicklungen zugleich einiges an aggressiver Ignoranz. Man wußte es, wollte es aber nicht wissen. Fertig. Manchen überforderte wohl auch die Elastizität ihrer Person: Androgyn und geschmeidig einsam für sich selbst zwischen den Polen ihrer Existenz tanzend, der wohlerzogenen, gut versorgten bürgerlichen Welt, aus der sie stammte, und jener der brachialen Egoismen in der ekstatischen Armut des Künstlermilieus, das sie sich als Lebenselement erwählte.

SO WIDERSPRÜCHLICH sie sind, verraten die Erinnerungen derer, die sie kennengelernt hatten, eines: Dagny Juel verstand anscheinend dafür zu sorgen, daß ihr Gegenüber sich in der Begegnung selbst zum neuen Erlebnis und zum Faszinosum wurde – so wie Stars es eben vermögen. Und das war sie offenbar, ein Star ihrer Zeit. Eine Persönlichkeit, die Träume, Tendenzen und Stilvorstellungen, die in der Luft liegen, aufnimmt, wie ein Brennglas bündelt und ins Zentrum des Gegenübers lenkt. Solche Menschen schaffen etwas Außergewöhnliches, das aber nicht bei ihnen zu bleiben bestimmt ist, sondern zum Rohstoff wird, nach dem die Seelen der anderen gieren – die eingeladen sind, sich zu bedienen. Stars geben sich den anderen als Werkzeug hin, lassen sich benutzen, zum Vehikel machen, befrachtet mit dem ganzen Krempel, der im Dunkel der Köpfe, Herzen, Drüsen der Menschen um sie herum darauf wartet, abgeholt zu werden, um endlich ans Licht zu gelangen. Das beantwortet allerdings nur einen Teil der Frage, um wen es sich bei der realen Dagny Juel eigentlich handelte, bei dieser merkwürdigen, zutiefst widersprüchlichen Frau mit der außerhalb Norwegens so schwer ins Gefühl zu bekommenden Mischung aus artikuliertem Glücksanspruch und unerschöpflicher, schicksalsergebener, fundamental dankbarer Langmut.

Einer Frage, die – hier in Deutschland jedenfalls – bislang gar nicht richtig nachgegangen werden konnte. Ohne Blick auf das Werk läßt sich die Persönlichkeit dahinter schwer ausmachen. Es gab, wie wir gerade sahen, höchst kultivierte, am geistigen Umgang mit Kunst geschulte Zeitgenossen von ihr, die in Dagny Juels persönlicher Ausstrahlung die eigentliche poetische Substanz erblickten, die sie zu bieten hatte – und die so ihren verengten Blick auf diese Frau als gedankliche Weite interpretierten. Was sie schrieb, wurde jedenfalls bei ihrer Wahrnehmung fast nicht berücksichtigt, sogar in ihrem nächsten Umfeld kaum, nicht einmal von denen, die ihr mit Sympathie oder gar Bewunderung gegenüberstanden. Sie selbst tat auch wenig, daran etwas zu ändern. Und wo doch, als sie etwa einem skandinavischen Jugendfreund, den es so wie sie selbst nach Berlin gezogen hatte, einen ihrer Texte zu lesen gab, erntete sie nichts als Hohn und Verachtung, ja: Vernichtungswut; tatsächlich, nichts weniger als das. Wie es zu solch extremen Reaktionen kam, werden wir uns noch zu fragen haben – schon jetzt ahnend, daß der distanzierte Blick des heutigen Betrachters den heißen Dampf im Druckkochtopf der emotionalen Reaktionen jener Zeit vollständig wohl nicht mehr zu durchdringen vermag.

DIE ATMOSPHÄRE um sie herum ist stark geladen und knistert, gerade in Berlin. Es ist eine Epoche zunehmender gesellschaftlicher und politischer Antagonismen, geprägt von geistigen Umbrüchen: Wissenschaft und Künste legen Hand an das nur mühsam noch halbwegs bewahrte Weltbild, um sich den dahinter brodelnden Energien zuzuwenden. Während die Spitze des Fortschritts immer weiter in die Höhe geschraubt wird, bröseln seine überkommenen naturgesetzlichen Fundamente. Neue Erkenntnisse, von der Mikrobiologie bis hin zur Wissenschaft vom Seelenleben, revolutionieren die Medizin und damit auch ihr Modell menschlichen Selbstverständnisses. Eine zu simple Idee von der Zeit löst sich im physikalischen wie im künstlerischen Prozeß auf. Das Bild geradliniger Weiterentwicklung, des Weiterbaus auf immer massiveren und tragfähigeren Grundlagen, wird abgelöst durch Nietzsches dekadente Vorstellung einer »Veredlung durch Entartung«. Mit all der daraus (und aus noch vielem mehr) erwachsenden Konfusion bekommt Dagny Juel es nicht nur äußerlich zu tun. Sie ist selbst eine Kreatur der Zeit und trägt deren Zerrissenheit in sich. Harry Graf Kessler – wie sie auch er von Munch gemalt – notiert in seinem Tagebuch, kennzeichnend für die Lage sei »(...) das gleichzeitige Ja- und Neinsagen zur modernen Wirklichkeit.«

Für Dagny Juel heißt das: Sie lebt ungezwungen, stört sich nicht daran anzuecken, schreibt über radikale Gefühle – und bleibt damit leise im Hintergrund. So wie die ganze Epoche läßt auch diese Frau sich nicht verstehen, wenn man die Ambivalenzen, die ihre Existenz durchgängig bestimmen, nach der einen oder der anderen Seite hin auflösen will wie eine Gleichung; man muß das zwischen entgegengesetzten Polen straff gespannte Hochseil als Dagny Juels Lebensbasis begreifen. Tief taucht sie ein ins chaotische Treiben der Boheme, läßt die moralischen Normen hinter sich, streift die gesellschaftliche Sicherheit ab, die ihr in die Wiege gelegt war, und bleibt dabei doch, wenn auch an der langen Leine, verbunden mit jener geordneten Welt wackeren Anstands, die sie eigentlich geflohen war. In die sie aber ein ums andere Mal zurückkehrt, um sich zu entlasten und zu erholen. Denn was hat sie dieser Ordnung außer dem Freiheitsdrang und einem anderen Geschmack entgegenzustellen – Selbständigkeit? Eigenverantwortung? Kaum. Statt dessen sucht sie, mit ihrem Mann oder allein, auch noch als Mutter von zwei Kindern (für die sie auch nur eingeschränkt Sorge tragen kann), immer wieder den Schutz des Elternhauses.

DEN EINES recht herrschaftlichen, hell angestrichenen norwegischen Holzhauses mit dreizehn Zimmern, erbaut auf einem Grundstück, das bis an den jedes Frühjahr etwas anders aus dem Eis auftauchenden, im Sommer von Fliegenfischern durchwateten Fluß Glomma reicht. Der Besitz ist auf den Namen Rolighet getauft – Ruhe. Ganz im Süden des Landes, in der kleinen Stadt Kongsvinger, gelegen zwischen Oslo (damals Kristiania) und der schwedischen Grenze. So steht das Haus noch da, heute ist darin das norwegische Frauenmuseum untergebracht. Dort also wurde Dagny Juell (als Schriftstellerin ließ sie dann ein L des Nachnamens fort) im Jahr 1867 geboren. Sie war die zweitälteste von vier Schwestern. Mit der jüngsten, Ragnhild, verband sie am meisten, auch die Beziehung zur Kunst; zeitlebens blieb Ragnhild der Mensch, der ihr am nächsten stand – und der einzige, der ihr bis zum Schluß wirklich liebevoll zugetan war, wenn man darunter mehr versteht als die aufrecht loyale Haltung von Freunden wie Edvard Munch, der über »die Dame«, wie er sie in ihren gemeinsamen Bohemekreisen titulierte, kein schlechtes Wort fallen ließ.

Die Familie Juell zählte zum alten dänischen Adel – für Jahrhunderte war Norwegen dänisch regiert worden, nun aber, als Folge der napoleonischen Kriege, unterstand das Land der schwedischen Krone. Dagnys Vater, Distrikts-Arzt, diente dem schwedischen König als Leibarzt, wenn der sich in Norwegen aufhielt, nicht weit von Kongsvinger befand sich die Sommerresidenz des Königspaars. Die Juell-Mädchen wurden gelegentlich dorthin zu Saft und Kuchen eingeladen, sie wuchsen also in der Atmosphäre der skandinavischen Oberschicht auf. Dagny lernte Klavierspielen, Ragnhild ließ sich zur Sängerin ausbilden. Munch malte die beiden, die also mehr miteinander verband als das gemeinsame Nest, als junge Frauen beim Musizieren. Die anderen Schwestern hielten sich im Rahmen konventioneller Lebensentwürfe, achteten auf Status und die aktuelle Kleidermode. Später wurde Dagny, die sich anders entschieden hatte und als Künstlerin unter Künstlern in materieller Unsicherheit, ja meist in handfester Armut lebte, von einer in wohlhabenden Verhältnissen lebenden Schwester mit abgelegten Kleidern versorgt – die sie angeblich eine Zeitlang mit Grandezza trug; dann kam alles ins Pfandhaus.

Die Erziehung in der gehobenen Gesellschaft hinterließ durchaus Spuren und formte nachhaltig die eine Seite von Dagny Juels Persönlichkeit, wie manchen Erinnerungen an sie zu entnehmen ist. Sehr viel ist über ihre Jugendjahre nicht bekannt, klar ist, daß sie intensiven und anspruchsvollen Klavierunterricht bekam und im übrigen nach dem Realschulabschluß die Schule verließ. Zur anschließenden Zeit gibt es unterschiedliche Darstellungen. Ihr (in den Augen der neueren Forschung wohl nicht immer ganz zuverlässiger) Biograph Thaddeus Wittlin schreibt, sie sei erst mal auf ein Internat in Deutschland geschickt worden, wo sie dann auch schon einmal mit wegweisenden Lastern wie Alkohol- und Nikotingenuß Freundschaft geschlossen habe. Außerdem hätten ihr dort manche wichtige Bücher zur Verfügung gestanden, die ihr zu Hause nicht zugänglich gewesen seien. Besonderen Eindruck, schreibt er, hätte Jens Peter Jacobsens *Frau Marie Grubbe* hinterlassen, nicht zuletzt mit dem Beharren der Protagonistin auf – auch sexuelle – Selbstentfaltung über gesellschaftliche Grenzen hinweg. Wie immer diese Jahre zwischen dem Schulabgang und der Übersiedlung nach Berlin im einzelnen verliefen und welche Anregungen Dagny wann erreichten: Sicherlich nahm sie in dieser oder jener Form Anteil an der künstlerischen Entwicklung und den literarischen Erneuerungsbewegungen nicht nur in Norwegen und Skandinavien, sondern zum Beispiel auch in Frankreich, das ist ihrem Werk abzulesen.

Die meisten Frauen, die zu dieser Zeit in Norwegen schrieben, wollten dicht an der Lebenswirklichkeit bleiben, um sie auf Entwicklungsmöglichkeiten hin zu befragen. Darum ging es Dagny Juel von Anfang an nicht. Sie richtete den Blick ganz auf das Seelenleben einzelner (freilich nicht sehr individuell ausgeführter) Figuren, darauf, was sich im Innern von Männern, vor allem aber von Frauen abspielt bei dem Drama, der Tragödie der Liebe. Insofern markiert auch die Weltsicht eines modernen Autors wie Jacobsen für sie nur eine Zwischenstation auf dem Weg hin zu ihrer eigenen, abstrakteren Idee von Literatur. Juels symbolistisch-expressive Texte entfernen sich entschieden von der farbigen Sinnlichkeit, mit der Jacobsen die äußere Realität um seine Romanheldin Marie Grubbe herum gestaltet – ähnlich weit wie die entmaterialisierte, auf Seelenausdruck konzentrierte Malerei des späteren Munch von etwa der lebendigen Stofflichkeit Manets.

Vieles dieser frühen Jahre vor dem Fortgang Dagny Juels aus Norwegen liegt anscheinend weitgehend im Nebel. Die anspruchsvolle pianistische Ausbildung erfolgte zunächst zu Hause in Kongsvinger, dann – bis zum Konzertdiplom – in der Hauptstadt Kristiania. Dagny sollte merkwürdigerweise, abgesehen von einem einzigen Auftritt vor Publikum in Norwegen, ihr ganzes Leben hindurch nur in privatem Rahmen Gebrauch von ihrem pianistischen Können machen. Vielleicht deutet sich darin bereits früh etwas von der eigentümlichen Zurücknahme an, die auch später mit dem Radikalismus ihrer Haltung Hand in Hand ging. Sie lernte also sehr gut Klavierspielen, was sie aber weiter mit ihrem Leben vorhatte, zeichnete sich lange nicht ab, vielleicht wußte sie es selbst nicht.

Erst einmal trat sie mit 21 Jahren eine Stelle als Gouvernante im Haus ihres Onkels Otto Blehr an, der damals das Amt eines Distrikt-Ministers versah und mit seiner Familie in einem Städtchen an der norwegischen Westküste lebte.

Briefe, die sie von dort nach Hause schickte, wirken noch recht brav. Gleichzeitig allerdings regte sich bei ihr wohl doch schon eine Neigung zur theatralischen Selbstinszenierung; zumindest abseits des heimischen Gesichtskreises kleidete sie sich gern extravagant, legte Make-up auf und entwarf von sich ein anderes Bild als das einer angepaßten Nachwuchskraft der Oberschicht – eines, das vorsichtig in die Richtung weist, die sie statt dessen einschlagen wird. Ein kleines Mädchen, das ihr damals im schwedischen Lund begegnete, wo Dagny ihre dort lebende Schwester besuchte, erinnerte sich später an sie wie an die leibhaftige Sünde.

Blehr wurde 1891 zum Ministerpräsidenten des (nach wie vor unter schwedischer Hoheit stehenden) Landes ernannt und führte zusammen mit seiner Frau Randi, die sich als Frauenrechtlerin einen Namen machte, ein großes Haus. Dagny, wieder bei den Eltern in Kongsvinger lebend, besuchte die Blehrs öfter in Kristiania und wurde dabei in die hauptstädtische Gesellschaft eingeführt. Ihre Neugier galt allerdings auch anderen Kreisen, als sie bei ihren Verwandten verkehrten, sie suchte den Kontakt zu Künstlern und frequentierte Lokale, wo sie sich trafen. Wie weit sie dabei zum Beispiel vielleicht auch mit der Boheme um den skandalumwitterten anarchistischen Autor Hans Jæger samt seinem Bekenntnis zur freien Liebe zu tun bekam, ist nicht überliefert. Später kreuzten ihre Wege sich bestimmt.

ANFANG FEBRUAR 1893 verläßt Dagny Juel Norwegen dann mit dem Ziel Berlin, offiziell, um die musikalische Ausbildung fortzusetzen – ob wirklich, um ernsthaft Klavier weiterzustudieren, oder einfach, um die Welt ihrer Jugend hinter sich und auf sich zukommen zu lassen, was immer sie dort erwartet, läßt sich schwer beurteilen. In ihrem Kurzdrama *Der*

Stärkere gibt es Zeilen, die wie das Programm dafür lauten. Signifikanterweise formuliert es jene dämonische Titelfigur Tor Rabbe, deren unüberwindliche Stärke die erotische Obsession ist: *Das ist genau das richtige Leben für dich. Immer was Neues, neue Orte, seltsame Leute. Ich werde dir Abenteuer bieten, von denen du nie geträumt hast. Und ich werde dich zwingen zu vergessen, was alles böse ist.* Vergessen bedeutet in diesem Fall: ignorieren um der Leidenschaft willen.

An der Spree schreibt sie sich auf jeden Fall erst einmal am Stern'schen Konservatorium bei Gustav Hollaender ein, trifft dort aber bald auf eine andere junge Musikstudentin aus Norwegen, die ihr hilft, sich in der neuen Umgebung zurechtzufinden und sie mit Künstlern und Literaten bekannt macht – aufgewühlten Menschen, die unendlich viel zu besprechen haben und zu diesem Zweck regelmäßig die Nächte durchfeiern. Viele davon sind Skandinavier wie sie, darunter der exaltierte und bereits international namhafte Autor August Strindberg oder der junge norwegische Maler Edvard Munch, der um breitere Beachtung noch zu kämpfen hat. Plötzlich ist Dagny Juel also mittendrin. Eine Norwegerin von 25 Jahren, die aufgebrochen ist, ihre neue Heimat im Ausland zu suchen, unter Bohemiens, in deren geistigem und seelischem Wildwasser sie jenen Halt sucht, den ihr das brave Bürgertum, aus dem sie kommt, nicht bieten konnte – selbst wenn sie dort auch weiterhin immer wieder Obhut suchen wird.

DEM MILIEU, in das sie einsteigt und das ungezwungener tut, als es ist, scheint die junge Frau aus dem Norden neue und unbekannte menschliche Möglichkeiten anzubieten, Freiheit im Umgang, ungezierte Direktheit. Sie erzielt damit enorme Wirkung bei den innerlich zerrissenen Künstlern zwischen den Zeiten, die um Ausdruck auch für das ringen, was sie aus der dunklen Quelle des Unbewußten an Kraft und Stoff zu schöpfen entschlossen sind.

An der Schnittstelle von Zeitaltern, von bürgerlicher Ordnung und entfesselter Moderne, steht Dagny Juel im Zentrum einer Szene trinkfroher Männer mit radikalem künstlerischen Ausdruckswillen, aber auch im Bann ihrer eigenen inneren Ambivalenzen. Aufgewachsen in einer wohlsituierten bürgerlichen Familie, nach einer Jugend in wohl auch als Enge empfundener Geborgenheit, sucht Dagny Juel offenbar eine andere Art von Existenz für sich. Was sie findet, ist ein Leben fernab bourgeoiser Ordnung, in dem es um Kunst geht, um Schwärmerei und um krude Metaphysik, eine Existenz ohne jede finanzielle Absicherung, beherrscht von Chaos, umspült von Schnaps, umschwirrt von präpotenter Rhetorik und dem oft nur tristen Trubel der Boheme.

Wie sich bald herausstellt, bleibt sie auch bei ausgiebigerem Alkoholgenuß halbwegs nüchtern – eine konstitutive Voraussetzung, die ihr nützt, wenn es gilt, sich an den Tischen des Lokals inmitten dieser eigentümlichen Schar überkochender Gestalten mit großer Klappe unterm heißen Hirn zu behaupten. Was heißt behaupten? Binnen eines Monats steht sie im Mittelpunkt der Szene. Thaddeus Wittlin erwähnt mehrfach ihre Vorliebe für Grog, wobei es sich wohl um den *Toddy* handelt. Unübertroffener Meister der Präparation (läßt uns der Literaturwissenschaftler Rüdiger Bernhard wissen) war August Strindberg – sein Grundrezept: Dreiviertel kochendes Wasser, ein Viertel Whisky. Nach jedem Schluck füllt der schwedische Kenner mit Kognak auf. Bei dem, was er so zusammenrührte, auch bekannt als die *Skandinaviermilch*, handelte es sich wohl kaum um die Milch der frommen Denkart, sondern eher um einen alkoholischen Gruß aus der Hölle, wie sie in diesem Kreis so gerne beschworen wurde.

Jedenfalls traf Dagny Juel – mit oder ohne *Toddy* – den Nerv der Leute. »Blond, schlank, elegant, mit einem Raffinement gekleidet, das die Geschmeidigkeit des Körpers zu voller Geltung brachte, aber sorgfältig vermied, bestimmte Konturen zu geben. (…) Und eine schlangenhafte, müde Lässigkeit der Bewegung, die aber einen blitzschnellen Angriff vermuten ließ!«, so schildert der Schriftsteller Adolf Paul (auch er einer aus der Berliner Runde mit nordischem Hintergrund) seinen Eindruck von ihr. Ungezwungenheit dem anderen Geschlecht gegenüber wurde in den zwar kulturrevolutionär gestimmten, doch von archaischen Männlichkeitsvorstellungen fest im Griff gehaltenen Bohemekreisen Berlins als durchaus kühn empfunden. Mit der androgynen Erscheinung und ihrer ungewohnten Art sich zu kleiden wurde sie allerdings längst nicht nur von Männern als Musterbild der modernen Frau empfunden. »Um jene Zeit gab es noch keinen Jugendstil und vom Fin de siècle ahnten wir noch nichts«, in der jungen Norwegerin aber, die da unversehens auftauchte, »deuteten sich diese Formen schon an«, erinnert sich Ida Dehmel, deren Mann, der Dichter Richard Dehmel, zu den zentralen Figuren der Gruppe gehörte. Und Julius Meier-Graefe charakterisiert sie so: »(…)sehr schlank, mit den Formen einer Madonna des Trecento, mit einem Lachen, das die Männer rabiat machte. Sie (…) trank den Absinth literweise, ohne betrunken zu werden (…) Sie war eine sehr zarte Königin, voll Übermut und tollkühner Frechheit und von einer knabenhaften Hoheit, die selbst im wüsten Taumel unverletzlich blieb.«

DIE KNEIPE im Berliner Bezirk Mitte, wo man sich regelmäßig versammelte und im Schatten von Regalen mit 900 Sorten Spirituosen debattierte, schwieg, sang, soff, ging als Treffpunkt der skandinavisch-slawisch-deutschen Boheme unter dem Namen *Zum schwarzen Ferkel* in die Geschichte ein. Strindberg soll ihn (inspiriert von dem Weinschlauch, der über der Tür hing) erfunden haben, als ihm das Lokal eines Abends bei einem Streifzug durch die Straßen ins Auge fiel; später setzte er ihm ein literarisches Denkmal namens *Kloster.* Die Leute dort – bestimmt keine Mönche – nahmen Dagny Juel begeistert in die Runde auf. In seinem aus dieser Zeit stammenden (unvollendet verworfenen) Text *Die Tranfunzel* schildert Strindberg die Szenerie im *schwarzen Ferkel*, jener »Galeere verdammter Seelen« so: »(...)die Flüche strömen und die Lästerungen hageln hier. Oft hält des Nachts der Vorübergehende den Schritt an. Aus dem mit Flaschen garnierten Schaufenster dringt Heulen und Toben in die Stille der Straße. Dann hastet der Horcher weiter fort, und sagt sich: Welche Mördergrube!«

Jedenfalls fühlte Dagny Juel sich dort unverkennbar zu Hause, führte bald vor begierigen Augen Solotänze auf und weckte wohl auch manch falsche Erwartung von Männern, die längst nicht so modern waren, wie sie taten. »Sie hob«, berichtet Meier-Graefe, »die Arme über den Kopf, und die Hände trugen Kränze (...) Der winzige Kopf mit dem kurzen Haar neigte sich in den Nacken und schwamm auf Wolken von Rauch. In dem Rauch phosphoreszierte die Gestalt. Alle lauerten auf den Augenblick, wo das gesteigerte Tempo endlich das Animalische der Bacchantin entfesseln würde. Ebensogut hätten sie von einer Rauchsäule Liebkosungen erwarten können.« Der junge norwegische Bildhauer Gustav Vigeland, kurzzeitig ebenfalls zur Gästeschar des *schwarzen Ferkels* zählend, gesteht: »Sie hatte grüne Augen, ein rotes Kleid und tanzte für uns, und wir alle begehrten sie.« Von Anfang an stimulierte sie die Phantasie auch der Frauen. Als singenden Engel mit Zigarette im Mund, kleine himmlische Ringe wie einen Heiligenschein vor den Lippen, so stellt eine Freundin sie rückblickend dar.

WORAUF DAGNY JUEL Anspruch erhob, war die Anerkennung als Frau mit Rechten wie ein Mann – komplizierterweise allerdings in Kombination mit der unanfechtbaren Dominanz eines männlichen Partners. Wenige Monate nachdem sie in Deutschland angekommen war, heiratete sie einen Mann, der ihr zu bieten versprach, was sie begehrte, und an den sie über alle Schwierigkeiten und Erniedrigungen hinweg innerlich bis zum bitteren Ende gekettet bleiben sollte: den polnischen Schriftsteller Stanisław Przybyszewski, im Freundeskreis kurz Stach oder Stachu geheißen. Seine Frau benannte er in Ducha um, nach dem polnischen Wort für Seele, und so sagten dann auch die anderen zu ihrer Freundin Dagny, deren Name ihnen wohl ähnlich schwer über die Lippen kam wie seiner.

Er zählte zu den tonangebenden Literaten der *Ferkel*-Boheme und wird als, zumindest in nüchternem (wenn auch selten zu erlebendem) Zustand, witziger und charmanter Mensch mit angenehmer Stimme beschrieben. Julius Bab, erster Historiker der Szene, meinte, er sei »vielleicht der legitimste ›König der Bohème‹, den Berlin seit Grabbes Tagen gesehen hat.« Von Anfang an ließ Przybyszewski, ein sinistrer Emphatiker und Mystiker, keinen Zweifel daran aufkommen, wie grundverschieden er Charakter und Rolle der Geschlechter sah – die Auswirkungen davon auf das Verhältnis zwischen ihm und Dagny Juel änderten sich im Verlauf der Ehe allerdings radikal.

WIE AMBIVALENT Juels Einstellung zu ihrer eigenen literarischen Arbeit war und blieb, noch als sie einen großen Teil des Werks bereits verfaßt hatte - ihre Schaffenszeit erstreckt sich ja nur über ein halbes Jahrzehnt -, geht aus einem Brief an ihre Schwester Ragnhild zum Jahreswechsel 1896/97 hervor, in dem sie aufgeregt von der für sie überraschenden Absicht der renommierten norwegischen literarisch-politischen Zeitschrift *Samtiden* (Gegenwart) berichtet, ihr Kurzdrama *Der Stärkere* zu veröffentlichen – angestoßen allerdings nicht etwa durch sie, sondern durch ihre Tante Randi Blehr, hebt Dagny Juel hervor, als gelte es zu unterstreichen, wie wenig sie selbst bemüht war, ihre Texte ins Bewußtsein der Öffentlichkeit zu bringen. Und kurz nachdem sie einer Freundin geschildert hat, mit welcher Macht das Schreiben sie anziehe, macht sie dem Herausgeber einer tschechischen literarischen Zeitschrift klar, daß sie keinerlei schriftstellerische Ambitionen habe. Zieht man das Werk in seiner Bemessenheit und die Selbstdarstellung der Autorin in Betracht, liegt hier, in der Vagheit ihres Selbstverständnisses, vielleicht ein Schlüssel zum Begreifen – auch dem des Mißverhältnisses zwischen Möglichkeit und Realisation, das dem Lebensdrama dieser Frau den Stempel aufgedrückt hat.

Was ihre Arbeit ihr wirklich bedeutete, könnte sie nur selbst erklären. Allerdings gelangte sie offenbar nie zu dem Bewußtsein, als Schriftstellerin Anspruch darauf erheben zu sollen, ihre Texte ebenso gedruckt und beachtet zu sehen wie die ihrer Kollegen. Sie war umgeben von Männern mit rabiatem Herrschaftsanspruch, die sie als Schriftstellerin kaum wahrnahmen und von denen wenig Ermutigung ausging, ihr Werk auszuweiten und der Öffentlichkeit zugänglich zu machen. Männer, die statt dessen dazu neigten, sie diffamierend zu erniedrigen oder schwülstig zu überhöhen, gelegentlich läuft das aufs gleiche hinaus. Und beides ließ sie in problematischer Geduld über sich ergehen.

So gab es wenig Platz für sie zum Aufbau eines stabilen

Selbstverständnisses jenseits der Rolle einer Muse zu fremden Diensten oder des mystifizierten obskuren Objekts der Begierde. Inzwischen hat die Forschung das Dickicht aus Legenden und Vergessen um Dagny Juel etwas gelichtet, so daß man die Chance hat, eine ungefähre Vorstellung der damaligen Realitäten zu gewinnen, falls einem daran gelegen ist. Ob man das möchte oder einem die zweifelhaften Geschichten vom männerverschlingenden Vamp reichen, ist eine Frage des Erkenntnisinteresses und auch des persönlichen Geschmacks. Im Umgang mit den Texten dieser Autorin kann es jedenfalls nicht schaden, ein paar Tatsachen zu berücksichtigen, die Dagny Juels Leben betreffen. Und um die Person hinter den Buchstaben einigermaßen verstehen zu können, wird umgekehrt der Blick aufs literarische Werk nützlich sein können – das hier für sich selbst sprechen soll, ungestört, so gut es geht, von interpretatorischem Gemurmel, das sich auf wenige grundsätzliche Bemerkungen beschränken wird.

DIE IN diesem Band versammelten Arbeiten der Gattungen Prosa, Dramatik und Lyrik bilden bis auf etwas Korrespondenz die gesamte literarische Hinterlassenschaft der Autorin, soweit sie bekannt ist. Manche der Texte sind erst in den letzten Jahrzehnten entdeckt worden, etwa im Nachlaß Edvard Munchs, oder wurden erst spät von ihrer Tochter Iwa Dahlin der Öffentlichkeit übergeben. Durch die deutsche Veröffentlichung ihrer Texte soll der Auseinandersetzung mit der Künstlerin nun auch dort eine Basis geschaffen werden, wo sie wesentliche Teile ihres Werks schuf – und wichtige Impulse empfing. Darum gilt es auch einen Blick auf die Milieus und die persönlichen Beziehungen zu werfen, in denen Dagny Juel sich bewegte und die auf ihr Leben und Schaffen einwirkten, so wie umgekehrt sie dort Wirkung entfaltete.

In ihrer Heimat Norwegen (wo der Großteil ihres Werks lange Zeit ebenfalls unveröffentlicht blieb) entwickelte sich das Interesse an der Autorin interessanterweise auch erst siebzig Jahre nach ihrem Tod, bewirkte dann aber immerhin schließlich doch noch, daß sukzessive aus Archiven und Nachlässen von Freunden und Familienangehörigen ans Licht befördert wurde, was von ihr dort überdauert hatte. 1996 erschien der Band *Samlede Tekster* (Gesammelte Texte) – er enthält alles, was von Dagny Juels literarischer Arbeit überliefert ist in der Originalsprache. Dieses Buch liegt unserer deutschen Ausgabe zugrunde (was dort an Prosagedichten unter der Überschrift »Fragmente« zusammengefaßt wurde, haben wir allerdings mit der Erzählung *Rediviva* als Prosa rubriziert). Zumindest ein Manuskript Dagny Juels – Memoiren, an denen sie nachweislich arbeitete – existiert wohl nicht mehr. Ob mehr verlorenging oder vernichtet wurde, so wie ein großer Teil der Korrespondenz, läßt sich schwer sagen, daß darunter wesentliche Arbeiten sein könnten, wird von jenen, die sich mit der Autorin und ihrem Leben eingehend beschäftigt haben, meines Wissens nicht vermutet.

Jeder einzelne Text Dagny Juels ist, wie Leser sofort feststellen, eingedampft, ist doppelt konzentriert zum literarischen *Liebig-Extract*, um einen Terminus auszuborgen, den Peter Altenberg, ein anderer Dichter der Dekadenz (wenn auch aus Wien und grundverschiedenen Wesens), zur Charakterisierung seiner literarischen Methode prägte. Ein Konzentrat, dazu gedacht, im (hoffentlich) heißen Wasser unseres Geistes aufgelöst und verdünnt zu werden: die Prosa, ihre Gedichte und auch die Theaterstücke, alles von bemerkenswert reduzierter Knappheit. Ihre Dichtung handelt im Kern durchweg von erotischen Dreiecksverhältnissen und davon, welche Gewichte sie den Beteiligten auflasten. Werk wie Leben

Dagny Juels drehten sich um die nicht zu bändigende Macht der Liebe, die sich nicht darum schert, was sie an Glück oder Unglück produziert, wenn sie sich über alles andere hinwegsetzt. Die Literaturwissenschaftlerin Mary Kay Norseng, die sich besonders gründlich mit Werk und Leben dieser Autorin beschäftigt hat, erkennt ihren avantgardistischen Ansatz gerade darin, eben keine formal traditionellen Emanzipationsgeschichten geschrieben zu haben, in denen die Heldinnen sich gegen die männliche Dominanz durchsetzen, in der Regel unter Inkaufnahme des Scheiterns der Beziehung – die Frauen, unfähig zum Bösen, werden idealisiert, die Männer herabgesetzt. Juel sei die einzige norwegische Dramatikerin ihrer Zeit gewesen, hebt Norseng hervor, »die den Mythos der weiblichen Unschuld hinter sich ließ. Paradoxerweise tat sie es mithilfe des Paradigmas der romantischen Liebe, von der die meisten Autorinnen sich freizukämpfen suchten.«

Die Dichtungen Dagny Juels erzählen immer wieder von der Ungleichheit zwischen der Stärke des Bösen und der Schwäche des Guten beim Kampf um die Liebe eines anderen. Diese Kämpfe werden im Schatten der Allgegenwart des Todes ausgetragen. Sie bilden aufs Minimum reduzierte Muster, in denen typisierte, kaum individualisierte und weder durch klar gezeichnete Milieus noch bestimmbaren Hintergrund charakterisierte Figuren ihrem Schicksal folgen müssen. Menschen, die ganz in der Gewalt ihres Geschlechts sind (die vitale wie auch literarische Besessenheit von diesem Thema teilt Juel mit dem Mann, an den sie in Glück und Leid schicksalhaft gekettet war). Die reduzierten Texte streben keinen Realismus der Darstellung an. Den statuarisch stilisierten Charakteren ist eine deklamatorische Ausdrucksweise eigen, die unvermittelt mit frappierender Direktheit wechselt. Aus beidem zusammen ergibt sich der für Dagny Juels Werk typische

Ton, durch den ein mehrschichtiges Wirklichkeitsverständnis zum Tragen kommt. Alles ist dabei schwer und ernst und folgenreich. Alptraumhafte Abstraktion und Verdichtung geben der Seele Stimme, verleihen ihr eine Gestalt, die dem Innern Auftritt verschafft, die sich weniger in der Welt handfester Fakten bewegt als in der Sphäre der Träume.

MAN KANN sich fragen, welchen Platz im Leben der Autorin ihre literarische Arbeit letztlich einnahm, unabhängig davon, welche Wirkung nach außen diese entfaltete. Später, als lange nach ihrem Tod die seriöse Beschäftigung mit ihrem Werk einsetzte, begann man sie als wichtige Exponentin der norwegischen Literatur des Fin de siècle zu sehen, stellte sie in eine Reihe mit Hamsun und Obstfelder, verglich sie darüber hinaus sogar mit Tschechow. Mir scheint, Dagny Juels Kontur ist eine ganz eigene, nachzuzeichnen kaum ohne Schwermut.

Die in ihrem Werk und Leben angelegte Ambivalenz und Problematik sollte man nicht kleinzureden versuchen, sondern in die Betrachtung einbeziehen. Aus den Widersprüchen erst erschließt sich ihre Persönlichkeit, ebenso ihr Platz in der Literaturgeschichte an der Nahtstelle von Naturalismus, Symbolismus und Expressionismus, ihre spezielle Bedeutung – auch als Autorin, die eben nicht die gängigen, realistischen Wege frauenemanzipatorischer Literatur beschritt, sondern sich für eine stilisierte, artifizielle Form entschied, die der alles überragenden Leidenschaft schicksalhaft füreinander bestimmter Menschen Ausdruck gibt. Ihre Schriften beschwören die Gewalt dessen, was sich, angefacht von ihren Gefühlen, im Innern der Figuren abspielt, durch die Kraft des Eros und des Unterbewußten. Die okkultistische und satanistische Besessenheit ihres Mannes und anderer aus dem Kreis teilte Dagny Juel offenbar nicht. Aber sie scheint sich doch irgendwie aufgehoben gefühlt zu haben in der schummrigen Atmosphäre dunkler Geister. Blindes Schicksal war es nicht, was sie in den Bannkreis dieser Sphäre zog.

Nur ein Teil ihres Werkes wurde zu Dagny Juels Lebzeiten irgendwo gedruckt, auf norwegisch wenig, auf deutsch nichts. So daß in den Kulturen, mit denen Juel zu tun hatte und deren Sprache sie beherrschte, ihre literarische Arbeit faktisch inexistent war. Als ihre Texte entstanden, fanden sie sogar im Künstler-Milieu, in dem sie sich bewegte, kaum Beachtung. Wo hingegen doch, war die Reaktion nicht unbedingt ermutigend. Przybyszewski immerhin, wie immer er sich im übrigen verhielt, hat sie in ihrer literarischen Ambition zumindest begrenzt unterstützt, auch durch Übersetzungen ins Polnische und indem er dafür sorgte, daß ihre Prosagedichte und zwei ihrer Stücke in Polen gedruckt wurden. Er machte zumindest anfangs kein Geheimnis daraus, daß er ihre Arbeit schätzte, protzte geradezu mit dem Talent seiner Frau, nicht zuletzt gegenüber ihrer Familie in Norwegen, wo Dagny wiederum Texte von Przybyszewski ins Norwegische übertrug.

Erging er sich zunächst in Beschwörungen seiner Liebe, zeichnete er später – auch im eigenen Werk – ein abschätziges Bild von ihr, sofern er Dagny Juels Existenz nicht einfach unter den Tisch fallen ließ. In seinen Memoiren unter dem Titel *Ferne komm ich her. Erinnerungen an Berlin und Krakau* erwähnt er sie kaum – und die Tatsache, daß sie dichtete, überhaupt nicht. Wirklichen Rückhalt oder sogar Schutz fand sie offenbar kaum bei ihm, und so blieb sie neben all der Bewunderung, die ihr als Frau entgegengebracht wurde, von Anfang an recht schutzlos und einsam allem ausgesetzt, was sie auch an Feindschaft zu spüren bekam, massive Verleumdungen inbegriffen, gegen die sie sich kaum wehren konnte und denen

Przybyszewski nichts entgegenhielt, die er statt dessen selber noch anreicherte, was Juel bis zum Schluß in stiller Duldsamkeit ertrug.

WODURCH SIE zum Objekt so heftiger Ablehnung und Schmähung wurde, kann man nur ahnen. Daß sie ihre Erotik nicht versteckte, mag manche dieser eigentümlich zwischen Vergangenheit und Zukunft hängenden Gestalten um sie herum jedenfalls mehr provoziert haben, als sie jemals zugegeben hätten. Dagny Juel wurde zum Opfer einer Zeit mit einer abstrakt so überhöhenden wie dämonisierenden Zwangsvorstellung vom *Weib*, hinter der in Wahrheit die Angst von Männern steckte, die bei aller Aufgeblasenheit ihr zerstiebendes Bild von sich selbst nicht zusammenzuhalten wußten.

Viele derer um sie herum waren offenbar von Beginn an fasziniert von dieser Frau, die auf sie wie die Ikone eines zukünftigen Typs wirkte, während sie selbst bei allem Willen zum Fortschritt mehr oder weniger in der Vergangenheit gefangen blieben, aus deren Fenster sie bewundernd und begehrend zu ihr hinüberschauten – Nährboden für äußerst ambivalente Empfindungen. Wenn sie in Worte faßten, wovon sie sich so angezogen fühlten, kamen sie kaum über die schablonenhafte und einigermaßen unpersönliche Darstellung einer Muse hinaus, deren Funktion darin bestand, ihnen zur Inspiration zu dienen. Und auch wo Dagny Juel nicht mit in Abneigung unbefriedigter und darum umgepolter Lüsternheit zu tun hatte – wie es sich anscheinend bei August Strindberg verhielt –, wurde die beunruhigende Realität hinter dichtem Gestrüpp aus Tratsch versteckt und von Projektionen entstellt, die sie in den Griff nahmen wie Schlingpflanzen, hervorquellend aus dem Boden einer Epoche, in der das mythische Personal der antiken Überlieferung noch gegenwärtig war und sich der Phantasie in den aufgewühlten Hirnen ihrer Zeitgenossen als Vehikel anbot.

Also ernannte Strindberg mit seinem »roten, üppigen Renaissancemund«, wie sein schwedischer Landsmann, der Dichter Ola Hansson ihn beschrieb, eines späten Abends im *schwarzen Ferkel* Dagny Juel zur Aspasia – nach jener mythischen Frau des Perikles, die den Geist einer Philosophin und die sexuelle Macht einer Hetäre in sich vereinte. Andere wollten Dagny Juel als Eurydike sehen – Eurydike, die jenseitige Dinge erfährt, von denen wir nichts ahnen, da sie ins Totenreich eintritt, allerdings auch zurückkommt, von Orpheus wieder hinaus ins Leben geführt. Oder man zeichnete sie als die lebensgefährliche Judith, mit dem abgeschlagenen Haupt des Holofernes in der Hand. Alles plastische Motive, entnommen einer reichgefüllten Bildungsschatztruhe, zu der heute nur noch wenige den Schlüssel haben. Wenn man aber die großsprecherischen Männer von damals darin kramen sieht, kann man sich dabei des Eindrucks reichlich schlüpfriger Brutalität als Ausdruck ihrer eigenen Überforderung nicht erwehren.

Männer, die das komplizierte Objekt ihrer Begierde in blumige Klischees packen, die Frau aus der Realität in eine ätherische, metaphorische Sphäre entrückend, wo nicht mehr sie selbst, sondern die über sie Redenden bestimmen: Sie soll ihre Phantasie verkörpern, mythische Mutter sein und Hure, Philosophin und Hetäre. Nur nicht schlicht aus Fleisch und Blut bestehen und am Ende gar selbst noch dichten, so wie jene, die sie besingen. Deren Metaphern spiegeln Dagny Juels Ausstrahlung von Freiheit, geistiger und seelischer Offenheit, und sie bündeln Wunschvorstellungen, ihr applizierte Stereotypen, die den Geist der Epoche ausdrücken: Die stickige Atmosphäre der Grenzüberschreitung aus dem Bedürfnis, Zwänge zu überwinden, von denen man zugleich tief geprägt ist und die einen nicht freigeben, zumal sie nicht von außen, sondern im Innern wirken. Die Suche nach Intensivierung des Lebens durch Rausch und in schwergoldenes mythisches Schnörkelschnitzwerk eingerahmte Erotik, durch Verherrlichung irrationalen Taumels jeder Art samt einer als wagemutig empfundenen Vernarrtheit in Mystizismus und Okkultismus bis hin zum Teufelskult, in blutigen Schwachsinn mündend wie am 5. Juni 1901 zu Tiflis.

DAS GESCHEHEN ragt aus der entrückten Welt vorderorientalischer Märchenhaftigkeit in eine durchaus zeittypische Atmosphäre trivialer schauerromantischer Halbrealität, wie sie auch Dagny Juels Werk und Dasein nicht fremd ist, denkt man an Stücke wie *Ravnegård* oder *Der Stärkere*. Und es fällt einem in ihrem direkten Lebensumfeld die massive Präsenz (unmöglich ganz ernstzunehmender) Spinnereien schwarzmagischer und alchimistischer Natur im Schlepptau der schon länger anhaltenden existentiellen Grenzerkundungen durch Literaten wie Verlaine, Huysmans oder auch Dostojewski ein, die sich vom Flachland des Naturalismus zu lösen suchten, um durch höhere oder auch niedrigere Sphären zu rauschen.

Pubertär anmutende Stoffe und Provokationen können aber nicht verbergen, daß sich hier – mal in mehr, mal in minder verquaster Aufbereitung – Substanz regt, die in die Zukunft weist, daß Energien sich melden, die später in expressionistischer, psychoanalytischer oder surrealistischer Form zu bestimmenden Kräften des am Horizont auftauchenden zwanzigsten Jahrhunderts werden. Strindberg, derselbe Mann, der wie ein mittelalterlicher Alchimist nach dem Stein der Weisen fahndet, praktiziert gleichzeitig eine literarische Montagetechnik, für die er sich mit modernster Radikalität und ohne Rücksicht auf Verluste direkt bei der Wirklichkeit bedient, um an die Bausteine zu gelangen, die er für seine Texte braucht und mit denen er dann nach Gutdünken hantiert. Eine Praxis (was Verfahren und Geist betrifft), die weit voraus bis in unsere Tage auf Popkunst und Sampleverfahren weist. Sie findet ihre Entsprechung in Munchs bildmotivischer Montagetechnik, die Themen wie Eifersucht oder Angst einen konzentrierten, überpersönlich-typisierten Ausdruck geben soll und dafür auch auf Porträtmaterial seiner Freunde zurückgreift – deren persönliche Charakteristik dabei von untergeordneter Bedeutung ist.

Przybyszewski beschreibt Munchs Methode wie folgt: Er male die »Geschehnisse so, wie sie sich nach 10 Jahren in der Erinnerung reproduzieren: die Formen halb verschwommen, hier und da übertrieben, dann wieder contourlos, dann eine taube Lücke, an anderen Stellen satt und prächtig, und wieder öde und langweilig.« Ähnliches hätte er mit Fug und Recht über die literarische Methode seiner Frau sagen können, ihre Arbeit wurde jedoch nicht auf dieselbe Weise wahrgenommen, nicht von ihm, nicht von sonst jemandem, vielleicht nicht einmal von ihr selbst. Offensichtlich fiel es ihr schwer, von sich als Künstlerin ein klares, unübersehbares Bild zu entwickeln und nach außen zu vertreten. Dagny Juel genoß die Wirkung, die sie, wenn schon nicht als mehr oder weniger im Geheimen bleibende (andere, die an sich selbst zweifelten, dabei großzügig bestärkende) Künstlerin, so doch um so deutlicher als Frau in diesem Milieu erzielte, und dies in einem durchaus mehrschichtigen Sinn. Julius Meier-Graefe charakterisiert sie als interessantestes Mitglied der *Ferkel*-Szene. »Sie war der einzig sichtbare Mensch unter uns.«

VERANTWORTUNGSMANGEL, LEICHTSINN und der Hang zum Rausch bei ihr und ihrem Milieu dürfen unseren Blick darauf nicht verstellen, daß es sich um eine Szene enormer Schaffenskraft mit weitreichender Ausstrahlung handelte, eine Szene, in der Dagny Juel, auch wenn sie als Autorin kaum in Erscheinung trat, eine große Rolle spielte, die sich durchaus nicht in Amouren erschöpfte. Als im *Schwarzen-Ferkel*-Kreis zum Beispiel eines Abends die Idee zu der dann unter der Leitung von Otto Julius Bierbaum und Julius Meier-Graefe herausgebrachten legendären avantgardistischen Literatur- und Kunstzeitschrift *Pan* entwickelt wurde, die sich in der kurzen Zeit ihres Bestehens zu einem der führenden Foren auf diesem Feld entwickelte (mit Beiträgen von Künstlern wie van de Velde, Klinger, Vallotton und Autoren wie Dehmel, Holz, Bierbaum), hatte Dagny Juel daran großen Anteil, wie Beteiligte berichten. Den Namen der Zeitschrift steuerte übrigens auch sie bei. Soviel ist unbestritten, selbst wenn der eine meint, die Sache sei am Kneipentisch ausgeheckt worden, und der andere sich erinnert, wie man eines Abends in der winzigen Wohnung der Przybyszewskis darauf kam.

Zusätzlich zu ihrer eigenen mehr oder weniger versteckt verrichteten Arbeit versuchte Dagny Juel sich nützlich zu machen und Verbindungen zu knüpfen, die Freunden und Kollegen zugute kommen konnten. Und immer wieder übersetzte sie Texte der anderen ins Deutsche, für den *Pan* zum Beispiel Sigbjørn Obstfelders Erzählung *Liv*; Karl August Tavaststjernas Roman *I förbund med döden* (*Im Bund mit dem Tod*) übertrug sie aus dem Schwedischen ins Norwegische – und so weiter. Ihre eigenen bezeichnenderweise nicht. Vielleicht weil der Auftrag fehlte, die Nachfrage. Sie arbeitete selbstlos. Fortwährend bemühte sie sich, Munch durch Kontakte zu Ausstellungsinstitutionen und Zeitschriften zu unterstützen. Und am allermeisten Kraft investierte sie ins Fortkommen Przybyszewskis, sogar noch in der letzten Zeit, als sie sich schon sehr entfremdet hatten und er sich hauptsächlich in Lemberg bei einer Geliebten aufhielt. Nur die eigene Produktion ins rechte Licht zu setzen fiel ihr schwer. Es gibt ein Moment der Hilflosigkeit nicht nur nach außen, sondern in ihr selbst, in ihrem Selbstverständnis.

ENTSTANDEN IST Dagny Juels knappe, konzentrierte und thematisch nicht sehr weitgespannte Literatur offenbar binnen weniger Jahre um die Mitte der letzten Dekade des neunzehnten Jahrhunderts im Spannungsfeld des konfliktreichen und sehr produktiven Milieus des Berliner Bohemezirkels, in dem sie sich aufhielt. Zu Stoff wurde den Autoren und Malern dort nicht zuletzt, was sie miteinander erlebten oder zu erleben phantasierten. Stanisław Przybyszewski und August Strindberg bauten in ihren Büchern kaum versteckt reale oder fingierte Beziehungskomplikationen innerhalb ihres Umfelds nach, dasselbe gilt für andere Autoren wie etwa Max Dauthendey. Und Edvard Munch malte in diesen Jahren viele Bilder, die – wenn auch eher modellhaft, so doch unverkennbar – von Personen aus seinem Bekanntenkreis und den mehr oder minder substantiellen erotischen Konstellationen zwischen ihnen erzählen.

Die gerne erörterte Frage, für welche der Gemälde tatsächlich Dagny Juel oder aber andere Frauen ähnlichen Aussehens Modell gestanden haben (was, wie Munch selbst klarstellte, häufiger der Fall war), ist vielleicht weniger interessant als der Umstand, daß, unabhängig davon, Juel tatsächlich die Vorstellung von einer modernen Frau verkörperte, um die es ihm ging und die sie mit ihrer Person beinahe wie zufällig auf den Punkt brachte. Und auch wo Munch zweifelsfrei

Dagny Juel als Person wiedergab, wie etwa auf seinem Porträtbild von 1893, machte er deutlich, wie wenig ihm sogar dann letztlich an der wirklichen individuellen Erscheinung seiner Freundin gelegen war, die hinter der Darstellung eines zwischen Gut und Böse changierenden ätherischen Geistwesens verschwindet, einer abstrakt-weiblichen Schicksalsmacht, die den verhangenen Blick auf die Männer richtet, wenn sie nicht, wie auf dem Bild *Der Tag danach*, verkatert auf dem Bett liegt. Meier-Graefe, gewohnt hinzusehen, nicht nur was seine Freunde, sondern auch was Bilder betrifft, kam zum Ergebnis: »Munch hat zuweilen ihre schmalen Züge benutzt, doch habe ich sie nicht wiedergefunden.«

So überschaubar es ist, wurde Dagny Juels Werk also erst in unseren Tagen vollständig der Leserschaft zugänglich gemacht. Zu ihrer Zeit blieb seine Veröffentlichung fragmentarisch, sporadisch und peripher, größtenteils nur in fragwürdigen (wie Leute sagen, die dieser Sprachen mächtig sind) Übertragungen ins Polnische oder ins Tschechische und nicht etwa ins Deutsche. Als Dagny Juel umkam, waren drei ihrer Theaterstücke veröffentlicht: *Der Stärkere* auf norwegisch, *Die Sünde* auf polnisch und tschechisch, *Wenn die Sonne niedergeht* auf polnisch. Außer diesem Stück *Der Stärkere* wurde in Norwegen zu ihren Lebzeiten noch der zuerst auf polnisch gedruckte Zyklus von Prosagedichten mit dem (auch im Original deutschen) Titel *Sing mir das Lied vom Leben und vom Tode* veröffentlicht, das war 1900, ein Jahr vor ihrem Tod. Zu diesem Zeitpunkt wohnte sie in schwierigsten Verhältnissen in Polen, isoliert und verarmt, ihre Ehe war zerrüttet. Gerade hielt sie sich wieder für Monate bei ihrer Mutter und ihrem Sohn Zenon auf, der häufig längere Zeit in Norwegen untergebracht war, wenn die Lebensumstände seiner Eltern zu chaotisch wurden. Dagny Juels literarische Produktion scheint da bereits zum Erliegen gekommen zu sein – ob als Folge der widrigen Bedingungen oder warum auch immer.

IMMER WIEDER ist bei denen, die sie erlebten, von der Intensität ihrer Gedanken die Rede. »Es gibt für mich keinen Zweifel, daß der Mittelpunkt und die Quelle der Gedankenwunder, mit denen man in diesem Kreise umherwarf und spielte, Frau Dagny war. Ihr Urteil, ihre Formulierung und Erfassung von Problemen war oft eine Offenbarung sogar für Schlauköpfe wie Miriam« (bei dem es sich um den von ihrem Ehemann verehrten Dichter Zenon Przesmycki handelt), berichtet ein Zeuge. Sie bewegte sich im Milieu von Künstlern und Literaten, die von ihr unterstützt wurden, die sie faszinierte, inspirierte, denen sie etwas vortanzte, statt ihnen ihre eigenen Texte auf den Tisch zu knallen oder, noch besser, sich entschieden darum zu bemühen, daß sie gedruckt wurden.

Ganz wird man die Motive für dieses Verhalten von außen und im nachhinein kaum enträtseln können. Wo immer die Gründe lagen, langsam aber sicher hat sich ihre Dichtung in den letzten Jahren dann allein den Weg aus dem Schlamassel ins Licht der Öffentlichkeit und ins Blickfeld der Leserschaft gebahnt. Und die möge sich nun mit kritischem Auge auch in Deutschland Dagny Juels Werk zuwenden, um zu schauen, was es ihr zu sagen hat. Daß die Künstlerin selbst dazu beigetragen hat, ihre Schriften im Hintergrund zu halten, während vorne auf der Bühne Phantasien wucherten, die sich von Anfang an wie Jugendstilornamente um ihre Existenz rankten, um Dagny, die schlangenhafte, männervertilgende Femme fatale, zwingt einen nicht dazu, ebenfalls in dieser Perspektive zu verharren. Doch aus welchem Winkel auch immer man schaut, bemerkenswert bleibt, wie intensiv diese Frau die Psyche mancher Menschen beschäftigte – für mich ein Grund mehr, Faktisches und Phantasiertes nach Möglichkeit etwas zu sortieren und den Versuch zu unternehmen, einen nüchternen Blick zu richten auf die Schriftstellerin Juel, ihr Schicksal und ihren Lebenskreis.

UM GLEICH damit zu beginnen: Die Boheme – ihr Milieu, aber ein schillernder Begriff, manchmal handelt es sich dabei um eine müde vor sich hin vegetierende Szene, die sich selbst genügt und kaum mehr vorhat, als bei einem (vielleicht sogar guten, jedenfalls aber gutgefüllten) Glas die Zeit verstreichen zu sehen. Davon kann hier, bei diesem Hexenkessel der Ambitionen, in den Dagny Juel gehopst war, nachdem sie ihre behütete Jugend hinter sich gelassen hatte, nicht die Rede sein. In der deutsch-skandinavisch-slawischen Clique, die ihr jetzt in Berlin rauhe Geborgenheit bot (sozusagen als Ersatz für die bürgerlichen Verhältnisse Norwegens, aus denen sie stammte), ging es eher um zuviel als zuwenig.

Seit dem Ende der 1880er Jahre wurde Berlin ein immer stärkerer Anziehungspunkt für Künstler, besonders aber für Schriftsteller aus dem In- und Ausland, die dort an einer anderen Literatur arbeiteten, so wie Dagny Juel auch. Julius Hart, einer der Protagonisten dieser Erneuerungsbestrebungen, meinte, übersatt hätten sie die graue Nüchternheit der Elendsliteratur und den Rationalismus gehabt: »Man träumte von einer neuen Renaissance, einem neuen, sinnen- und kunstfreudigen Heidentum.« (Wobei Przybyszewski dieser Darstellung bestimmt heftig widersprochen hätte, denn von einer neuen Renaissance wollte der Pole definitiv gar nichts wissen, er verherrlichte ja gerade die Gotik mit ihrem Mystizismus als Ideal, von der die Renaissance sich zu seinem Abscheu abgewandt hatte.)

»Berlin glich zu dieser Zeit einem Goldgräberlager (…) Auf allen Gebieten kreiste, brodelte und lärmte es«, so formulierte Frieda Uhl es, Literaturkorrespondentin der *Wiener Zeitung* und bald Strindbergs zweite Frau. Skandinavien war weit über künstlerische Kreise hinaus in Mode, wie man zum Beispiel beim späten Fontane über eben diese Zeit Mitte der 1890er Jahre lesen kann: »›Und Sie konnten wirklich nicht besser wählen‹, unterbrach Melusine. ›Schwedischer Punsch, für den ich ein liking habe. Wie für Schweden überhaupt.‹« Woldemar von Stechlin pflichtet ihr bei: »Ich ziehe die Skandinaven den sonst ›Meistbegünstigten‹ unter den Nationen immer noch vor.« Bei der stark von Skandinaviern mitgeprägten Berliner Boheme, von der hier die Rede ist und die sich um Künstler von bereits großem wie solche mit gerade erst sprießendem internationalem Ruf bildete, handelte es sich, apropos Punsch, um eine nicht nur hochprozentige, sondern ebenso hochproduktive Subkultur.

Produktiv wurde dort nicht zuletzt Dagny Juel. In diesem Milieu kreierte sie sich als Person von immenser Wirkung auf andere, und dort schuf sie – wenn auch mehr oder weniger im Verborgenen – ihre Literatur, in der sie eben jenes geheimnisvolle Magnetfeld vermißt, das sich im Dasein gewisser Frauengestalten zwischen den Polen unheimlicher Kraft und gleichzeitigen Ausgeliefertseins erstreckt. Dieses Spannungsverhältnis bestimmt Dagny Juels Leben und ihre Dichtung. Ihr Bild ist verflacht worden und überhöht, um seiner offenbar als schmerzhaft empfundenen inneren Kraterlandschaft auszuweichen und es zu vereinheitlichen. Auch ihre Texte mildern den Zusammenprall von moderner, unverschnörkelter Direktheit und archaisch-steifer Darstellung der dunklen Macht der Erotik nicht ab. Gerade diese Widersprüchlichkeit machen Werk und Person interessant. Sie auf dem Altar unserer Harmoniesucht opfern oder wegfabulieren zu wollen, ob nun in Form von klatschhafter Ignoranz oder etwa in Richtung einer oberflächlich frauenemanzipatorischen Vereinnahmung, verstellte den Blick auf Juels Schaffen. Eben dort, im Spannungsfeld einer nicht auszuräumenden innerlichen Widersprüchlichkeit, läßt sich seine menschliche und künstlerische Bedeutung ausmachen. »Wahrzeichen unserer Widersprüche«, so nennt der französische Schriftsteller und Religionswissenschaftler Ernest Renan Gottes Sohn.

DAGNY JUELS Wirken fällt in eine Zeit, da eine Frage ins Zentrum der ästhetischen Auseinandersetzung gerückt war: Welchen Wert, welche Verbindlichkeit hat überhaupt die Realität? Steht sie vielleicht der frei entfalteten, symbolischen und expressiven Thematisierung von Gefühlen und ihrer merkwürdigen Ambivalenz zwischen Persönlichstem und Allgemeinstem im Weg? Ihr expressionistisch-symbolistisches Werk in der Tradition der französischen Symbolisten (Verlaine, Baudelaire, Mallarmé, Rimbaud) besteht aus drei Zyklen: Gedichte, Prosagedichte und Bühnentexte, die ebenfalls lyrischen Charakter haben. Obwohl von hinreichender Deutlichkeit, bildet Klarheit nicht das Ziel, sondern Stimmung, die – ganz im Sinne Verlaines, der meinte, Dichtung habe Musik zu sein (und Juel setzt seine Forderung ausdrücklich als Motto vor eines ihrer Gedichte) – auch durch sprachmusikalische Mittel erzeugt wird, ein poetisches Gewebe aus Geheimnis, Leidenschaft, Tod. Von Humor, generell nicht gerade das Kennzeichen symbolistischer oder expressionistischer Kunst, bleiben ihre Texte unberührt.

Übrigens ist bei denen, die sie kannten, auch im Hinblick auf sie selbst keine Rede von besonderem Sinn für Komik. Darin mag ein Schlüssel zum Verständnis der Hilflosigkeit liegen, mit der sie der zunehmenden Misere ihres Daseins ausgeliefert war. Die theatralische Aussichtslosigkeit ihrer Texte und – im Leben – die trunkene Aufgeblasenheit mancher Männer um sie herum hätten als Kontrapunkt ein gelegentliches (und nicht zu knappes) Lachen gut gebrauchen können. »Hat dich schon mal eine nackte Frau beim Kragen gepackt, mein Junge, und auf die Straße gezerrt und verdroschen?« knöpft sich Mrs. Penderton in Carson McCullers' *Das Spiegelbild im goldenen Auge* den Hauptmann vor. Etwas von ähnlichem Witz, der ohne viele Worte schlagartig klärt, worum es geht, wäre Dagny Juel sicherlich zustatten gekommen. Oder zumindest H. C. Artmanns lapidares Rezept: »Lauschen Sie meinem gelangweilten ha ha ha!«

DIE HERMETISCHE, gespenstische und unheilschwangere Atmosphäre in ihren Schriften hingegen bringt einem in Erinnerung, daß Bram Stoker zur selben Zeit seinen Schauerroman *Dracula* schrieb (dem wir uns heute freilich auch schwerlich ohne ironische Distanz nebst gelangweiltem ha ha ha zuzuwenden vermögen). Wie auch immer, unübersehbar ist, daß ihre Literatur in vieler Hinsicht tatsächlich mehr mit dem zu tun hat, was männliche Autoren damals hervorbrachten, als mit den Werken anderer Schriftstellerinnen ihrer Zeit, die meist in der Tradition realistischer Literatur blieben, schon um die gesellschaftlichen Bedingungen der Charaktere, über die sie schrieben – gerade auch die der weiblichen – herausstellen zu können. Juels Intentionen haben mehr mit dem zu tun, was der Kritiker Otto Julius Bierbaum als lyrisch-subjektiven Zug bezeichnete, »der, dem Innenleben zugewandt, die gute Schule des Naturalismus zwar nie verleugnet, sich aber doch von ihrem Äußerlichkeitskult emanzipiert und Seelenoffenbarung über alles setzt.«

Die norwegische Literaturwissenschaftlerin Linn Carina Hovelsaas Nerli hat darauf hingewiesen, daß Juel moderne Tendenzen vorwegnimmt, indem sie diverse Genres mischt und mit Motiven arbeitet, die weniger denen ähneln, die andere Autorinnen verwenden, als denen männlicher Kollegen. Die Formen durchdringen sich bei Juel, Prosa und Dramatik haben lyrische Qualität, und in den Gedichten finden sich dramatische Strukturen. In der literarischen Ausformung ihrer Stoffe wie Leidenschaft und Tod ist sie am Experiment interessiert, an der musikalischen Qualität freier Verse. Alles zusammen eine Mischung, die ziemlich weit in die Zukunft vorausweist.

Juels Texte handeln von den moralfernen geheimnisvollen Kräften des Unterbewußtseins, auch in ihren Dramen ereignet sich weniger Handlung zwischen den Akteuren auf der Bühne als im Innern der zentralen Gestalten – durchgängig sind es Dreieckskonstellationen von durch die furchtbare Macht der Liebe aneinander geknüpften Menschen. Wer die Stücke in diesem Buch liest, bekommt es mit Frauen zu tun, die nicht idealisiert sind, von keiner Moral getragen, sondern getrieben von ihrer Leidenschaft. Es sind Frauen, die schuldig sind, bereit, ohne Reue Böses zu tun und auch das daraus für sie selbst entstehende Leid anzunehmen – bis dahin, ihren Verstand darüber einzubüßen. Leidenschaftliche Charaktere. »Entweder man brennt, oder man verfault«, heißt es irgendwo bei Saul Bellow.

Im Zentrum von allem steht für Juel die Leidenschaft, deren Ungebändigtheit durch jegliche Fesseln von Sitte und Moral ihr die Macht verleiht. Anders als im herrschenden gesellschaftlichen Konzept der Zeit vorgesehen, überließ Juel die Sexualität nicht dem Mann, sie sah in ihr eine zentrale Kraft, was sich in ihrem Leben niederschlug wie in ihrem

Werk. All ihre Frauenfiguren, führt Mary Kay Norseng aus, »haben dieselben Verbrechen begangen. Sie wagten, Frauen zu sein. Sie haben abgelehnt, unschuldig zu sein, abgelehnt, ›gut‹ zu sein, abgelehnt, Kinder zu sein.« Anders gesagt: im Puppenheim zu leben.

»Es gilt die Temperatur zu finden, in der die Dinge knetbar sind«, notierte einmal der Maler Georges Braque, der nur wenige Jahre nach den Vorgängen gegen Ende des neunzehnten Jahrhunderts, um die es hier geht, und ebenfalls noch vor dem Epochenbruch des Ersten Weltkriegs zusammen mit Pablo Picasso den Kubismus initiierte, eine der fundamentalen künstlerischen Revolutionen des zwanzigsten Jahrhunderts. Vielleicht läßt sich Braques Ansatz, der Realität näherzukommen, indem man sie aus der Erstarrung löst, auf geistige Gegenstände übertragen, etwa unsere Vorstellung von Dagny Juel. Sie aus der Verkrustung durch fragwürdige Kolportage zu befreien und einen Blick auf die verdeckte Wirklichkeit zu ermöglichen ist gar nicht so einfach. Legenden stehen im Weg, und reichlich Widersprüche erschweren das Durchkommen: die ihrer Zeit wie die ihrer eigenen Existenz. Möglicherweise aber bringen eben die Unvereinbarkeiten, die Behinderungen eines glatten Durchlaufs der Gedanken jene benötigte Temperatur, von der Braque spricht – durch Reibungswärme. Der vergilbte Firnisfilm auf dem angejahrten Bild wird irgendwann weich, läßt sich abziehen, und dann kommen darunterliegende Konturen schärfer und Farben leuchtender ans Licht.

Vorausgesetzt, man möchte das überhaupt. Es gibt ja eben auch jene, die gerade an dem vereinheitlichenden Schleier hängen, der mit den Mythen heranweht, sich behäbig auf die realen Einzelheiten und Komplikationen legt, auf all die tausend Töne und ihr bisweilen kakophonisches Zusammen-

und Gegeneinanderspiel. Das Gebot der Modernität kann man ignorieren, aber nicht aufheben. Ambivalenz, die Anerkennung von Ambivalenz, ist ein Merkmal modernen Bewußtseins. Und wem hier die ganze Richtung nicht paßt, dem geht wohl nicht zuletzt ihr widersprüchliches Menschenbild gegen den Strich. Vielleicht mußte Dagny Juel so jung sterben, weil sie die Ambivalenzen ihrer Zeit so kraß und auf unkaschierte Weise verkörperte.

DER MANN, den Dagny Juel wenige Monate nach ihrer Ankunft in Berlin heiratete, Stanisław Przybyszewski, verkörperte die Spannungen der Zeit in besonders ausgeprägter Weise. »Stachus Lebensweise deckte sich nicht mit dem üblichen Begriff der Boheme. Dafür tändelte er zu wenig. Seine Verluderung übertraf Pariser und Berliner Maß«, charakterisierte ihn Meier-Graefe. »Er sprach sehr leise und mit unendlichem Wohllaut«, ergänzt Ida Dehmel. Seine Wirkung gerade auf junge Zuhörer hoben viele hervor, wobei auf die attraktive, radikale Ungebundenheit seiner Äußerungen hingewiesen wurde, die mancher vielleicht auch als wagemutige Abgründigkeit erlebte. »Jeremias der entartenden Instincte« nannte Dehmel ihn in einem Brief halb anerkennend, halb warnend.

Kennzeichnend für seine Art des Redens sei die alles durchziehende und unterminierende Ironie gewesen, die sich zwischendurch immer wieder in flachem, kurzem Gelächter – hehe – manifestierte. »Es gibt kaum eine Beschreibung Przybyszewskis, bei der dieses ›hehe‹ nicht erwähnt würde: es hat die Menschen belustigt, erzürnt, gefoltert und gefesselt«, berichtet Przybyszewskis Biograph George Klim. Die Przybyszewski nachgebildete Figur namens Loge in seiner »skandinavischen Bohème-Komödie« *Maja* stattet der mit ihm befreundete Schriftsteller Max Dauthendey mit einem Mephistoprofil aus und läßt ihn sagen: »Ich bin jetzt Clown im Universum (...) Ich liebe jetzt furchtbar, nur fortwährend zu lachen (...) Hähä. Dabei, beim Lachen, kann einem niemand in die Augen sehen. Ich lasse mir nicht gern mehr in die Augen sehen.«

DAGNY JUEL, die sich wohl ganz gerne in die Ziegenaugen sehen ließ, fand offenkundig Gefallen an seiner Art. Die für ihren Mann kennzeichnende diabolische Seite seines Wesens (einschließlich seines Hangs zum Zynismus) scheint ihr selbst gefehlt zu haben. Der in seinen Kreisen verbreitete Satanskult fand in ihr wenig Resonanz, jedenfalls gibt es keine Hinweise darauf in ihrem Werk. Wogegen auch sie sich auflehnte, war die Schimäre vorgespiegelter umfassender Güte, wie sie zum Inbegriff weiblicher Mustergültigkeit erklärt wurde. Die Frauen in ihren Texten folgen dieser Doktrin nicht, sie sind durchaus böse, angefangen bei der ersten Erzählung. Zu sehr war Dagny Juel in den braven Traditionen ihrer Zeit und Herkunft zu Hause, um sich nicht gegen sie aufzulehnen. Zu wenig war sie allerdings im Innersten von ihnen geprägt, um ihre möglichst krude Negation anzustreben – so wie die Männer aus ihrem Umfeld es taten, die auf das puritanische Erbe in ihren Adern nur mit orgiastischer Blasphemie antworten konnten; sie hatte das nicht nötig.

Die Macht der Hölle anzuzapfen, suchte Przybyszewski die befreienden Kräfte des Unterbewußten und der Leidenschaft zu steigern. Zentrale Triebkräfte und Motive waren auf unterschiedliche Weise für sie beide bestimmend. »Wenn er seine ›Totenmesse‹ (1893) mit den Worten eröffnete ›Am Anfang war das Geschlecht. Nichts außer ihm – alles in ihm‹, war das ein direkter Angriff auf das Johannes-Evangelium. (...) Geschlecht wurde zum neuen Gott dieser Künstler erklärt (...)

Allmachtsanspruch und Bereitschaft zum Tode gehörten zur Wollust«, stellt Rüdiger Bernhard fest. Mit der »Hervorhebung des Bösen als einer metaphysischen Größe«, wie George Klim schreibt, untermauerte Przybyszewski außerdem seine ästhetische Theorie, die auf die im zwanzigsten Jahrhundert in unterschiedlicher Gestalt von den Totalitarismen bis zur Populärkultur breit zum Tragen kommenden Überwältigungsästhetik vorausweist. »(...)ich werde jetzt versuchen, etwas Schreckliches, etwas wirklich Furchterregendes und somit Schönes zu schaffen. Denn ich kenne keine Schönheit außer der beständigen Schönheit im Schrecklichen«, umreißt Stanisław Przybyszewski sein Programm in einem Brief.

Przybyszewskis Schriften kreisen um seine Obsessionen, und das waren neben dem Alkohol vor allem zwei: Sex und Satanismus. Die drastische Weise, in der er sich seinen Themen widmete, wirkte wie eine Erweiterung in tabuisierte Bereiche hinein. »Stachu machte uns eine Tür auf«, bekannte Meier-Graefe. Wohin führte sie? Er war ein Neuerer, der die Grenzen der Literatur weiter vorschob auf unbekanntes Land, tiefer hinein in die verborgene Welt des Unbewußten, der den Fuß schon auf Terrain setzte, das später durch Psychoanalyse und Surrealismus genauer erkundet werden sollte. Mit der Attitüde des rebellierenden Freigeistes allerdings und seinem Programm, durch die Beschwörung der Kräfte von Sexualität, Rausch und Teufelskult die Grenzen des Üblichen und Erlaubten zu durchbrechen, tritt einem etwas wie eine problematische Nietzsche-Nachfolge entgegen, die dem, wogegen sie sich auflehnt, innerlich nur allzu verhaftet bleibt. Nüchtern umgänglich, konnte er in trunkenem Zustand äußerst unangenehm werden. »Seinem Sarkasmus entging keine unserer Schwächen«, erinnerte sich Julius Meier-Graefe. Auch die Spannweite seiner Interessen machte ihm Eindruck: »Von der schwarzen Madonna von Czenstochau kam er auf den Satanismus. All das lag uns unglaublich fern und zog uns an.«

DUCHA ALLERDINGS gefiel ihnen so gut, gerade weil sie ganz anders war. Darum wohl fühlten sie sich so von ihr angezogen – und sie sich ebenso von ihnen, namentlich von dem einen, der sich anscheinend am wildesten gegen das Gebot der Bravheit auflehnte und die Abgründigkeit seines Wesens hemmungslos auslebte. Ihm war sie rettungslos ergeben. Und grundsätzlich ist die von Przybyszewski angestrebte Befreiung, für die ihm jedes Mittel recht ist, stets die des Mannes. Auffallend die Neigung, kaum einmal von einer speziellen, realen Frau zu sprechen, sondern meist von der Frau als solcher, dem Weib schlechthin. Dieses »Weib« wird von Przybyszewski und seinen Freunden entweder vergöttert oder dämonisiert, aber nie als komplexes Gegenüber in derselben Wirklichkeit anerkannt. Im Fall seiner Ehefrau Dagny Juel machte er beides, vergötterte sie erst und erniedrigte sie dann, auch vor den Augen der Öffentlichkeit. In seiner eigenen Darstellung dieser Jahre wird der »Geniemensch von erstaunlicher spinnenartiger Geistlichkeit«, wie ihn der Arzt und Autor Carl Ludwig Schleich charakterisierte, der zum Umfeld der Boheme zählte und ihn gut kannte, mit keinem Wort auch nur erwähnen, daß er mit einer Schriftstellerin verheiratet war.

Stand ihm der Sinn danach, setzte Stach sich ans Klavier, hämmerte in die Tasten, als sei von ihnen beiden er der Virtuose. »Es war uns allen ein Rätsel, wie er mit seinen kurzen Händen und den dicklichen Fingerspitzen, ohne jemals sich technisch trainiert zu haben, geradezu vollkommen Chopin spielte«, erinnerte Ida Dehmel sich. Im Vergleich zu Dagny Juels Spiel – dem einer ausgebildeten Konzertpianistin, die allerdings ausschließlich in privatem Kreis spielte und das auch nur, wenn Stach nicht selbst den Platz vor den Tasten beanspruchte – wirkte seines naturwüchsig. Immerhin reichte seine Fertigkeit offenbar aus, um Klavierunterricht zu geben – einer seiner einstigen Schüler an den Tasten wurde dann zum Mörder seiner Frau.

WIE SICH im Milieu um Dagny Juel und Stanisław Przybyszewski Produktivität und Kraftmeierei, Überspanntheit, Wahn, Haltlosigkeit, Trunksucht und Nüchternheit, Okkultismus und Sachlichkeit, Modernität und Sehnsucht nach einer mystischen Vergangenheit verquicken, sucht seinesgleichen. Przybyszewski war als herausragender Kopf der naturalistisch-symbolistischen literarischen Avantgarde *Junges Polen* in Erscheinung getreten, die sich an den französischen Symbolisten orientierte (die ja auch Dagny Juels literarische Vorstellungen geprägt hatten), ehe er für einige Jahre nach Deutschland und – während Juel ihre Texte auf norwegisch schrieb – in die deutsche Sprache gewechselt war. Nun, in Berlin, arbeitete er sich immer tiefer hinein in wilde – zumindest wild gemeinte – Ideen von der bewußtseinserweiternden Macht Satans, schrieb diverse Bücher zum Thema und fungierte später dann einige Zeit sogar als Leiter einer satanistischen Fachzeitschrift.

Vielleicht nicht gerade in Form von praktischem Teufelskult, grundsätzlich lagen schaurige Themen aber anscheinend in der Luft, sie inspirierten viele Schriftsteller beider Geschlechter. Übersinnliche Gegenstände übten auf viele Künstler und Literaten unwiderstehlichen Reiz aus, wie man auch der schauerromanhaften Grundierung mancher Texte Dagny Juels anspürt: »Ich las einmal von einem Mann, der ständig von seinem eigenen Skelett verfolgt wurde.« Zu den literarischen Vorbildern, die aus Frankreich herüberwirkten, zählte Joris-Karl Huysmans. Die im Einleitungskapitel seines Romans *Là-bas* (*Tief unten*) formulierte Forderung nach einem »spiritualistischen Naturalismus« (der er selbst in Gestalt eines vulgären Schauermärchens nachzukommen suchte) stand im Raum. Schon beim späteren Ibsen waren Geheimnis und Mystik immer mehr ins Zentrum geraten. Und die in den Kreisen, denen Juel sich in Berlin anschloß, verbreitete Sympathie für mittelalterliche magische Praktiken (oder was man dafür hielt) knüpfte an Tendenzen, die in der europäischen Literatur längst breit zur Wirkung gelangt waren. »Ich bin in allen Künsten bewandert!« heißt es in Rimbauds *Höllennacht*. »Wollt ihr, daß ich mich unsichtbar mache? (…) Ich kann Gold machen, Heilmittel herstellen.«

So irritierte es Dagny Juel vielleicht nicht einmal besonders, wenn beispielsweise August Strindberg sich neben der Literatur und der Malerei eben auch auf die Alchimie verlegte und ernsthaft daran herumtüftelte, aus Kupfer Gold zu gewinnen. Adolf Paul gibt eine Anschauung davon, wie es dabei in Strindbergs Laboratorium aussah, während eines gemeinsamen Aufenthalts auf Rügen wurde er Zeuge der Bemühungen seines Freundes: »Dann stand er den ganzen Tag auch in der schlimmsten Julihitze bei seinen Tiegeln, gewöhnlich nur mit einem langen Nachthemd bekleidet, einen Gürtel um den Leib und einen Strohhut auf dem Kopfe. Heiß war es bei ihm wie in der Hölle, und es roch nach Pech und Schwefel.« Und der mit ihm gut bekannte Dichter Julius Hart meinte zu Strindbergs magischen Aktivitäten: »Er war ganz zuversichtlich und hegte keinen Zweifel, daß ihm das größte Werk seines Lebens, welches ihm mehr als die Dichtung bedeutete, sehr bald schon gelingen würde.« Thomas Mann – großherzig wie so oft – sah ihn dabei in der Tradition schwedischer

Naturforscher des 18. Jahrhunderts wie Celsius und Linné. An seine Frau Frida schreibt Strindberg: »Im Augenblick bin ich ganz von den Naturwissenschaften eingenommen, so daß ich mich nicht mehr mit Literatur oder meinen Theaterangelegenheiten beschäftigen kann.«

Tatsächlich, Naturwissenschaften nennt er das, die ganze Märchenhaftigkeit dieses Ausdrucks wird einem deutlich, wenn man sich vor Augen führt, welchen Vulkanausbruch an die Welt erst zerlegenden und dann neu zusammensetzenden Erkenntnissen die realen Naturwissenschaften in ebendieser Zeit produzierten. Sicherlich hat diese Wissensexplosion stark zu jener Überforderung beigetragen, die Hirne und Herzen sensibler Menschen damals oftmals an den Rand der Leistungsfähigkeit brachte.

DIE IM *schwarzen Ferkel* versammelte Gesellschaft – und Dagny Juel mittendrin – ließ kein Thema aus, es ging um alles und nichts, auf jeden Fall aber hoch her. »Nach sechs Uhr nachmittags waren keine zehn Zentimeter mehr frei, so überfüllt war alles, seit Strindberg ständig dort hockte«, schreibt Przybyszewski in seinen Erinnerungen. Frida Uhl meinte deshalb in einem Brief an ihren Bräutigam Strindberg: »(…) Sie sind zu edel, um mich für etwas bestrafen zu wollen, was nicht meine Schuld ist – indem Sie tun, was mich am meisten kränkt, weil es Ihnen selbst schadet, (…) indem Sie das *schwarze Ferkel* oder sonst ein Ferkel aufsuchen.« Ihre im Mai 1893 geschlossene kurze Ehe mit Strindberg verlief wohl nicht unkompliziert – Strindberg schrieb ihr im November 1894 etwa: »Ich, ich töte nicht; ich ersetze! Du bist ersetzt!« – und war von nur sehr sporadischem Zusammenleben getragen. Daß sein Verhältnis zur äußeren Wirklichkeit gestört war, erwies sich nicht erst durch seinen extensiven Alkoholkonsum, seinen Umgang mit anderen Menschen oder darin, daß er Kupfer zu Gold machen wollte. Es zeigte sich auch, wie sein Freund Adolf Paul berichtet, wenn er den Ausweg aus seinen Geldschwierigkeiten darin erblickte, ein Atelier zu eröffnen und als Porträtfotograf zu arbeiten – ausgerüstet mit einer Lochkamera ohne Objektiv, die er zu diesem Zweck bereits aus einer Zigarrenkiste und einem Stück Pappe gebastelt hatte.

Worum es in ihrem Milieu ging, brachte der mit dem Ehepaar Przybyszewski befreundete Literat Franz Servaes so auf den Punkt – nichts sollte bleiben, wie es war, alles kam auf den Prüfstand: »Ästhetik, Wissenschaft, Gesellschaft und Tod und Teufel! Nietzsche war da der reine Waisenknabe gegen.« Hermann Bahr, der österreichische Literat und gelegentliche Gast im *Ferkel*, faßte es noch einfacher zusammen: »Alkohol, Genie, Bohème, Wahnsinn, Mechanik und Mystik mischten sich da wunderlich.« Während sich die deutsche Gesellschaft gerade mit dem Bürgerlichen Gesetzbuch die zeitgemäße juristische Form gab, lief das Leben im *schwarzen Ferkel* nur partiell nach den Regeln der bürgerlichen Welt ab. Frida Uhl war offenbar recht beeindruckt, als sie zum ersten Mal Zeuge des Treibens dort wurde. Wie bei einem Hexensabbat sei es zugegangen, oder auch wie beim heiligen Abendmahl, bei dem ihres zukünftigen Gatten Lieblingsjünger Przybyszewski neben Strindberg, seinem Herrn, saß, wenn er sich nicht am Klavier ekstatischen Improvisationen hingab oder Paul Scheerbart sich »als Clown und Phantast des Kreises« produzierte – eine Charakterisierung, die einiges besagt, weil man bestimmt mehr als einem aus dem ganzen Verein eine phantastische und mehr oder weniger freiwillig clowneske Note nicht absprechen kann, mit einer traumartigen Seite, wie Charles Chaplin sie später in seinem Tanz mit der Weltkugel genial aufgreift. Nach einer langen Nacht mit viel Alkohol warf sich Scheerbart – neben der Poesie mit emsigen Versuchen beschäftigt, das Perpetuum Mobile zu konstruieren – im Morgengrauen zu Boden und schlug mit den Fäusten aufs Trottoir ein, um den Weltgeist zu wecken. (Ehe er dann wahrscheinlich wie üblich seiner Frau einen Zettel mit *Katerpoesie* neben die Frühstückstasse legte: »Guten Morgen! schreit das Menschentier; Und mancher Schuft trinkt jetzt noch Bier.«)

DAS JAHRHUNDERT ist beim Gegenpol seines klassizistischen Beginns angelangt. Dieses 19. Jahrhundert, als heroisches Zeitalter apostrophiert und zu Beginn von der ins Übermenschliche überhöhten Figur eines selbstgekrönten Kaisers Napoleon angeschoben, scheint, was seinen Abend angeht, von lächerlichem Heldentumswahn und hybrider Verwischung der Grenzen zwischen Diesseitigem und Jenseitigem besessen, Zukunftsdrang und Rückwärtsgewandtheit verquickend, Rationalismus und Okkultismus. Blinzeln wir noch etwas durch den Spion in der Tür, die uns mit all den Zukunftssprüngen und Verheerungen im Rücken trennt von jener damaligen Epoche, in der Aufbruch und Umbruch gärten, Fortschritt und auch die Maische der Katastrophen des zwanzigsten Jahrhunderts. Halten wir den Blick kurz auf jene Welt gerichtet, in der Dagny Juel und die Leute um sie herum lebten, eine Welt, durch die in Stadt und Land jener »Wind des Irrsinns« fegte, wie der französische Dramatiker Georges Courteline damals konstatierte.

Berauschend nicht nur der Schnaps, sondern auch, was da plötzlich alles möglich ist – und bevor man es überhaupt begriffen hat, am nächsten Tag dann schon wieder Neues. An der Schwelle zum zwanzigsten Jahrhundert befindet sich die Gesellschaft in einem brisanten Übergangszustand, und die feinnervigen Künstler nehmen die Spannungen der Zeit in sich auf, bis dahin nicht bekannte Energien feuern Erregung, Abwehr und Wirrsal im – bei allem radikalen Gehabe – altertümlichen Innern an, das sich unter einer modernen Schale verbirgt. Überforderung schlägt um in Übermut: Bei manchem wächst das Verlangen über das hinaus, was Wissenschaft und Wirtschaft mit rationalen Mitteln an umwälzenden Veränderungen bewirken, mit Rückgriffen auf mittelalterliche Bemühungen, um die Kräfte der Hölle auch die Barrieren zwischen der Realität und dem Spuk, zwischen Erlaubt und Verboten, Gut und Böse niederzureißen. Und sogar die dafür vielleicht ein nicht ganz so Anfälliger, wie der bereits angesprochene und ebenfalls im *schwarzen Ferkel* verkehrende Arzt Carl Ludwig Schleich (der sich als Erfinder einer durchaus weltlichen Methode örtlicher Betäubung, der Infiltrationsanästhesie, einen Namen macht), läßt seinen Geist ins Metaphysische schweifen und vertritt die Auffassung, jede einzelne lebendige Zelle verfüge über eine Seele.

Eine von extremen Widersprüchen erfüllte Zeit, prall von Unvereinbarkeiten, die das äußere Leben betrafen, wo die immer machtvollere Nüchternheit kalten technischen Fortschritts sich einen historistischen Schleier vors Gesicht hängte, während gleichzeitig Pierre Bonnard zum Beispiel schon in der Zukunft angelangt war und einfach moderne Malerei praktizierte, denkt man etwa an sein Katzenbild von 1894 (aus dem Musée d'Orsay). Gegensätzlichkeiten, die aber erst recht die Seelen in Aufruhr versetzten – was natürlich auch das Verhältnis zwischen den Geschlechtern betraf: Es mit unersättlichem Hunger auf Gefühlsüberschwang und dem verzweifelten Bestreben erfüllte, den kaltschnäuzigen Anforderungen der Moderne gerecht zu werden, zugleich aber die Sehnsucht nach der Tiefe und Reinheit einer anderen, von alldem unberührten Welt wachrief.

Eskapistische Träume von einem Dasein außerhalb der Zivilisation am Busen der Natur trieben gefährlich leuchtende Blüten – wie auf den Bildern Henri Rousseaus. Und auch die paradiesischen Szenen Gauguins, nackt unter der Südseesonne, bezeugen zugleich die Gegenwart des Unheimlichen, Abgründig-Jenseitigen. Die beherrschende Kulisse aber, vor der sich alles abspielte, schilderte den Traum von einem idealisierten Mittelalter und seiner Vielschichtigkeit als illusionistische Dreidimensionalität hinter der Verflachung des Maschinenzeitalters.

Den Zumutungen der Zeit die aus den Verankerungen gerissenen hypertrophen Gemütsmassive der Vergangenheit in den Weg zu stellen, war ein Zug der Epoche, der sich im architektonischen Eklektizismus jener letzten Jahrzehnte des 19. Jahrhunderts austobte und, die Zukunft vor Augen, zugleich sehnsüchtig von einer Vergangenheit schwärmte, da es angeblich noch um »Erleuchtungen« ging, wie Thomas Mann sich in seinem Vortrag über *Nietzsche's Philosophie im Lichte unserer Erfahrung* ausdrückte: »Entzückungen, Elevationen, Einflüsterungen.« Bei Nietzsche vermeintlich göttlicher, bei anderen dann auch bald, wie im Fall Przybyszewski, entgegengesetzter Herkunft. »Es ist ja vom übersteigerten Mystizismus bis zum verzweifelten Satanismus auch nur ein Schritt. Im Jenseits berührt sich alles«, heißt es bei dem französischen Dichter und Vordenker seiner Richtung Joris-Karl Huysmans.

Nietzsche ist der Leuchtstern der Zeit, nicht zuletzt als Kritiker der immer mächtiger ausgreifenden Wissenschaft und ihres Weltbilds, auch über Skandinaviens Jugend erstrahlte er – mit starker Wirkung etwa auf August Strindberg. »(...) in diesem Augenblick giebt es wohl keinen Kulturheros, auf den die Augen des jungen Skandinaviens mit solchem Glauben blicken, wie auf Nietzsche«, konstatiert Strindbergs Freund, der schwedische Literat Ola Hansson (auch er regelmäßiger Gast im *schwarzen Ferkel*). Und was die Verstiegenheit angeht, die Thomas Mann Nietzsches Geist in Anlehnung an die Terminologie der Bergsteiger attestiert – die damit, wie er erklärt, eine fatale Lage beim Klettern bezeichnen, »wo es im Hochgestein weder vorwärts noch rückwärts mehr weitergeht« –, so scheinen Okkultisten vom Schlag Przybyszewskis längst abgestürzt und irgendwie in der Gletscherspalte weiterlebend, warmgehalten von Alkohol, sexueller Erhitzung und autosuggestivem Dampfdruck. Nietzsche sprach manchem aus der Seele, wenn er verkündete: »Unsre ganze europäische Kultur bewegt sich seit langem mit einer Tortur der Spannung, die von Jahrzehnt zu Jahrzehnt wächst, wie auf eine Katastrophe los; unruhig, gewaltsam, übcrstürzt; einem Strom ähnlich, der ans Ende will.« Das *Wie* können wir inzwischen getrost weglassen, in welche Katastrophe er mündete, weiß jeder. »Wir neigen dazu, den Verrückten zu gehorchen«, stellt Arthur Miller dazu trocken fest.

WER SICH mit Dagny Juel und ihrer Umgebung befaßt, schaut in eine Welt des Fieberwahns, wo die Grenzen zwischen dem, was wirklich ist, und Luftspiegelungen oder gespenstischen Einbildungen verschwimmt – was bekanntlich eine Dämpfung der Handlungsfähigkeit mit sich bringt und insofern zur Erklärung ihrer überentwickelten Langmut beiträgt, gleichzeitig aber auch enorme, nur zu reale Sprengkraft entwickeln kann. Wissenschaft und Technik stellten zu dieser Zeit die Welt auf den Kopf mit einer Eruption an Entdeckung und Entwicklung, die sich weder geistig noch seelisch leicht verarbeiten ließ: Sie veränderte die Art zu leben, sich fortzubewegen und zu wirtschaften, den Umgang der Menschen mit sich selbst und miteinander. Die Erde war plötzlich, mit den Worten Egon Friedells gesagt, »eine Riesenwerkstätte und die Seele eine Dampfturbine« – unter Hochdruck und dafür ohne Sicherheitsventil, möchte man hinzufügen.

Die Bühne der Zeit wird bevölkert von einem Personal aus Zauberlehrlingen. Menschen, die in Selbstverständnis und Auftreten nicht mit dem dynamischen Entwicklungsprozeß Schritt halten können, der um sie herum tobt, und die desto heftiger fuchtelnd um Befreiung aus alten Lebensformen ringen. Ihre Überforderung versuchen sie mit Maßlosigkeit, Schwulst und Großsprecherei zu meistern oder wenigstens zu überdecken, ohne große Empfindlichkeit gegen Kitsch dabei, besonders wenn er nicht von der altbackenen Art ist, sondern von der schmissigen expressionistischen Sorte. Verstiegenheit, Thomas Manns Wort nochmals aufzugreifen, beherrschte viele Hirne und Herzen, manches Gedicht, mancher pathetische Erguß erschöpfte seine Wirkung in der Epoche und verging mit ihr.

Dagny Juels Werk kommt der literarischen Öffentlichkeit eigentlich erst in den letzten Jahren zu Bewußtsein, unter ganz anderen Bedingungen – was es uns zu sagen hat, wird sich auch erst heute entscheiden. Die Folge einstiger Ignoranz könnte sich für ihre Arbeit in eine Chance verwandeln, in anderer Zeit zu neuen Bedingungen unverbrauchte Aufmerksamkeit auf sich zu lenken. Ihr schwieriges Schicksal als Autorin resultierte auch aus dem Rollenverständnis der Geschlechter in jenen vermeintlich so radikal erneuerungswilligen Kreisen, denen Dagny Juel zum Faszinosum wie zum Skandalon geriet.

Man sieht dort Frauen, die zu wenig aus ihren Möglichkeiten machen, zwischen Männern, die über ihre geistigen, seelischen und charakterlichen Verhältnisse leben. Verstiegen. Die aufziehende Moderne, hoffen sie, bereitet sich in ihnen möglichst ungezogen vor, und die Akteure erscheinen einem mit ihren hinter großen Worten verschanzten und von anmaßenden Gesten verbrämten Ängsten vor dem anderen Geschlecht wie Pubertierende. Aufgeblasene Männer, die ihr hilfloses Gesicht hinter Bärten verstecken und wegen irgendeiner Nichtigkeit aufeinander die Pistole abfeuern, stehen irgendwo zwischen immer größeren, moderneren, effizienteren Fabriken und falschen Barock- oder Renaissancefassaden herum und hauen ihre Verwirrung mit pompöser Gebärde Frauen um die Ohren, die genausowenig wissen, wie sie die sich überschlagenden Veränderungen in der Welt und die überbordenden Gefühle in ihrer Brust verarbeiten sollen. »So kam es auch, daß meine Frau durch Berührung eines mit Irrsinn getränkten Luftzuges verrückt wurde und mich ins Irrenhaus sperren wollte«, heißt es in einer Farce von Georges Courteline.

Allzu heftig kocht es in den Köpfen und Herzen einer künstlerischen Boheme, die noch in ihrem Aufbegehren gegen die Fesseln einer Vergangenheit deren tief von ihr geformtes Produkt ist. Die künstlerischen Zeugnisse dieses Milieus sind oft von maßlosem Überschwang geprägt, der sie gelegentlich unbeabsichtigt in die Nähe der Parodie rückt. »O laßt euch rühren, Ihr Tausende! Einst sah ich euch in sternklarer Winternacht zwischen den trüben Reihen der Gaslaternen wie einen Heerwurm den Ausweg aus eurer Drangsal suchen (…)«, dichtete Richard Dehmel. Vieles, was geredet, gedacht wurde, erscheint merkwürdig verschwärmt – und zugleich ebenso gehetzt wie weitschweifig (was man Dagny Juel nicht nachsagen kann), mit dem Wort, das einer der großen Denker und stilistischen Antipoden dieser Zeittendenz in die Debatte wirft: neurotisch.

IM SCHWARZEN FERKEL griff Stach in die Tasten des Klaviers, wenn er genügend Schnaps im Leib hatte, und Strindberg begleitete sich hier auf der Gitarre, wenn er seine (einzige) Ballade zum besten gab: »Denn der Russe ist tot! Ist er nun Korporal oder General, sterben muß er zumal!« Es war *der* Szene-Treffpunkt, dort verkehrten außer Munch, Strindberg und Przybyszewskis unter anderem auch die schwedischen Dichter Gustaf Uddgren und Ola Hansson, der mit Strindberg befreundete schwedische Naturwissenschaftler und Autor Bengt Lidforss (ein Jugendfreund auch Dagny Juels, über dessen merkwürdige Rolle noch zu reden sein wird), Gustav Vigeland (dessen heute noch zum Staunen anregender Osloer Skulpturenpark wie das steinerne Monument eines grauenvollen Skandinaviermilch-Katers wirkt), der dänische Dichter Holger Drachmann, Richard Dehmel mit Frau, Paul Scheerbart und Max Dauthendey, der (wie Strindberg) ebenfalls als Maler wirkte, Franz Servaes und Julius Meier-Graefe, der deutsch-schwedisch-finnische Schriftsteller Adolf Paul, der norwegische Autor Hans Jæger (entlassen aus der Haft, zu der er für seinen autobiographisch fundierten und sofort bei Erscheinen verbotenen Roman über das freizügige Leben der *Kristiania-Boheme* verurteilt worden war), und der aus demselben Milieu an die Spree gewechselte Maler und Autor Christian Krohg, dessen Roman *Albertine* – begleitet von seinem illustrativen Gemälde namens *Albertine im Wartezimmer des Polizeiarztes* (heute in der Osloer Nationalgalerie) – ebenfalls für einen heute kaum mehr zu begreifenden Skandal gesorgt hatte.

Dagny Juel-Przybyszewska fungierte in diesem Kreis als Katalysator, der die brodelnden Prozesse im Innern der anderen erst richtig in Fahrt brachte. Das erzeugte manchen Knall, starke Emotionen, Zuneigung und Ablehnung, es setzte produktive Energien frei, aber auch Neurosen und Psychosen. Diese Frau brachte die gesellschaftliche Rollenverteilung der Zeit durcheinander, die auch in den anarchistischen Kreisen der Boheme nicht ihre Gültigkeit eingebüßt hatte – wie sollte man mit dieser Irritation umgehen? Man verließ sich auf altväterliche Rezepte.

Seit ihrem Erscheinen im *schwarzen Ferkel* lag dort die Neigung in der verqualmten Luft, die Neuangekommene zu überhöhen und in eine mythisch-abstrakte Sphäre zu transponieren: sie und was beängstigend an ihr war dorthin zu rangieren, wo man die Lufthoheit hochfliegender Gedanken zu haben meinte. Wo sie nicht mehr selbst bestimmte, wer sie war und wie sie wirken sollte, sondern zum hilflosen Objekt der Bedürfnisse und Vorstellungen anderer wurde, ob nun in der symbolistischen Verallgemeinerung durch Munch, blindwütig misogyner Raserei von Strindbergs Seite oder – endgültig von aller Realität abgehoben – der verquasten Faselei ihres Mörders kurz vor der Bluttat in seinem Brief an ihren kleinen Sohn: »Ich nehme Dir Deine Mutter weg (…) Ich will Dir nur sagen, daß dieses Wesen eine Heilige war.« Schrieb's und schoß ihr von hinten in den Kopf.

»WENN DUCHA an seiner Seite war, gab es sofort eine Mitte, einen Focus, aus dem ein magischer und entzückender Schimmer auf all diese Leute fiel, die genug wußten, die Kunst zu schätzen«, konstatierte Ida Dehmel und stellte fest: »Stach ohne Ducha war eine Person ohne Fassung, ein obdachloser Exzentriker, ein typischer Bohemien.« Die komplizierte Beziehung zwischen Dagny Juel und Stanisław Przybyszewski war anfänglich wohl äußerst eng. »Nie mehr, solange Ducha in Berlin war, sah man Stachu allein, sie gingen ihres Weges als Zweieinheit«, heißt es weiter bei Ida Dehmel, »und immer führten sie einen Troß junger Menschen, der ihnen überall hin folgte.« Solch einem Troß gehörte später ja dann auch Dagny Juels Mörder an, der zu Przybyszewski aufsah wie zu einem Guru.

Das Ehepaar Przybyszewski bekam auch Kinder, 1895 wurde der Sohn Zenon geboren, zwei Jahre darauf die Tochter Iwa. Dagny Juel und ihr Mann hatten wenig Geld, aber immer Durst, vor allem er. Das Verhältnis zwischen den Ehepartnern wurde mit der Zeit immer turbulenter, bedrückender und für Juel auch entwürdigend. Dazu gehörte, daß Stach bereits eine andere Familie gegründet hatte: mit Marta Foerder, seiner (wenn auch nicht angetrauten) Frau, die mit ihm aus Polen nach Berlin gekommen war, wo sie mit den beiden Kindern aus dieser Verbindung äußerst ärmlich in der engen Arbeiterwohnung von Przybyszewskis Halbbruder und dessen Familie untergebracht war – ein drittes Kind kam in eben dem Jahr dazu, als auch Dagny Juels Sohn Zenon geboren wurde. Marta wandte er sich vor allem immer wieder dann zu, wenn Dagny gerade nicht in Berlin weilte, sondern in Kongsvinger, wo sie zum Beispiel ihre Kinder gebar. Als sie mit Iwa niederkommen sollte, im Herbst 1897, zeichnete sich eine komplizierte Geburt ab, die sie dann auch fast das Leben gekostet hätte; Przybyszewski sah sich aber nicht veranlaßt, auch nach Norwegen zu kommen und ihr zur Seite zu stehen.

Das Weib in seiner Höhe und Niedrigkeit galt ihm in allem als Gegenteil des nach seiner Auffassung vom Geist dominierten Mannes. Dieses Weib war für ihn Göttin und Hure, ein Wesen, dem es gleich ist, ob es sich (körperlich oder seelisch) prostituiert oder nicht – und so weiter. »Sogar die Wahrheit der Frau ist eine unbewußte Lüge«, philosophiert Przybyszewski – übrigens im Text für ein Buch über Edvard Munch, das er (mit weiteren Beiträgen anderer Freunde aus dem *schwarzen Ferkel*) nicht lange nach seiner Eheschließung mit Dagny Juel veröffentlicht. Darin attestiert er Munch eine besondere Fähigkeit, die »Tragödie des unterlegenen Mannes unter dem unterdrückerischen Joch« der Frauen zu malen, »das nie machtvoller« gewesen sei »als just in unserem Zeitalter«. Der Satz gefällt ihm so gut, daß er ihn Jahre später, als sich das Glück, das diese ersten Jahre der Ehe wohl auch bestrahlt, längst verflüchtigt hat, an die Wand des Cafés Turlinski in Krakau schreiben wird, direkt unter ein Porträt von ihm und gleich neben das von Dagny Juel.

»STACHU HÄTTE zum Beispiel Duchas Stallknecht sein können, und darauf schien er es anzulegen, der mit der Herrin verkuppelte Leibeigene«, so charakterisierte Meier-Graefe die Psychologie des Paars. Demgegenüber schwärmte Przybyszewski selbst wenigstens zu Beginn der Ehe mit seiner Ducha, anscheinend unbeeindruckt von der eigenen Philosophie, in einem Brief an seinen Freund Adolf Paul (der übrigens gemeinsam mit Dagny Juel Edvard Munch für das Gemälde »Vampir« Modell stand): »Sie ist meine höchste intellektuelle und ästhetische Freude.« Aus etwas größerem Abstand stellte Franz Servaes fest: »Ihr intellektuelles Niveau war in jedem Sinn modern.« An dieser Ausstrahlung änderte sich auch später durch all die üblen Fährnisse des Lebens, die auf sie warteten, nichts. »Ihre Meinungen und Formulierungen, ihr Zugriff auf die Fragen wirkten immer wie Enthüllungen, wie sogar die alten Füchse fanden«, erinnerte sich einer aus dem späteren Kreis um die Przybyszewskis dann in den polnischen Jahren.

Munch charakterisierte ihre Situation rückblickend so: »Ihre unglaubliche Schönheit und elektrisierendes Wesen und Intelligenz – und auf norwegische Weise so weiblich und persönlich, und freundlich und fröhlich fürsorglich jedem gegenüber! Auf exotische Weise aristokratisch – all das ließ den Klatschsüchtigen in ihren dunklen Ecken keine Ruhe.« In besonderer Weise trifft dies auf August Strindberg zu. Immer wieder von wechselnden wahnhaften Ideen besessen, scheint er einige Zeit krankhaft auf Dagny Juel fixiert gewesen zu sein, vielleicht gerade weil sie nicht der Ikone mütterlicher Reinheit entsprach, die er in Frauen anscheinend suchte. Die Bindung blieb einseitig. »Einer tanzte mit Ducha und die beiden am Tisch sahen zu; der eine war Munch, der andere in der Regel Strindberg«, schildert Meier-Graefe die typische, für den schwedischen Meister frustrierende Konstellation. Wollte das wirre Genie Strindberg seine offenbar problematische Männlichkeit aufwerten, wenn er mit seinen »scheuen Frauenlippen« (Richard Dehmel) behauptete, für drei Sommerwochen des Jahres 1893, in denen seine Verlobte Frida gerade nicht in Berlin weilte, eine Liaison mit Dagny Juel unterhalten zu haben, just in jenem Sommer, als sie frisch verliebt in den Mann war, den sie kurz darauf ehelichen sollte? Um sie, wie er weiterhin verbreitete, anschließend seinem jungen Freund und Bewunderer Bengt Lidforss weiterzureichen – einem, wie überliefert ist, an Frauen nicht weiter interessierten, da dem eigenen Geschlecht zugetanen Mann?

Daß Dagny Juels ungezwungene Art, als Frau mit Liebe und Sexualität anders umzugehen, als es den Usancen auch im Berliner Bohememilieu ihrer Zeit entsprach, eine für manche irritierende Dimension gehabt haben mag, kann man sich vorstellen. Schwerer allerdings, wie Strindberg und Lidforss sich – warum auch immer – bald in der Bemühung überboten, Ruf und Ansehen ihrer eben noch verehrten Freundin zu vernichten. In einem Brief an Strindberg aus dem Jahr 1894 macht Lidforss aus seinem Widerwillen gegen einen von ihr verfaßten Text, den Dagny Juel ihm zu lesen gegeben hatte, keinen Hehl. Wahrscheinlich handelt es sich um die Erzählung *Redivivа*. »Sie schreibt kurze Geschichten über Liebe, Hurerei, Mord und andere Verderbtheiten (…)«, teilt er angeekelt mit. Ob seine Beunruhigung auch damit zusammenhing, daß in dieser Erzählung das dramatische Verhängnis aus der Beziehung zweier Frauen zueinander resultiert, einer lebenden und einer toten, statt wie sonst meist aus dem Verhältnis zwischen Mann und Frau oder Mann und Mann, und daß dem Mann die üblicherweise eher Frauen zugewiesene Rolle als Gegenstand der Begierde des anderen Geschlechts zugeteilt ist, statt daß es hauptsächlich darum ginge, was sich in seiner Brust (oder wo auch immer) abspielt? Lidforss und Strindberg malten sich jedenfalls gegenseitig aus, ihre Freundin Dagny stände als Prostituierte auf der Straße, und brachten das als Gerücht in Umlauf. Strindberg tobte sich gegen sie in zahllosen Schmähbriefen an Verwandte und Freunde Dagny Juels in Skandinavien aus und fand dann auch in seinem Werk Platz dafür. In einem Brief an Lidforss schlug er vor: »Leg ein Torpedo unter das Aas und laß sie in die Luft fliegen. Wäre ich interessiert, ließe ich die Polizei sie als Prostituierte verhaften, eines dunklen Abends wenn sie Kunden suchte. Das ist alte gute Rache!«

Nichts spricht für irgendeinen Wahrheitsgehalt dessen, was Strindberg und Lidforss über Dagny Juel an Behauptungen in die Welt setzten. Doch hat es ihr Bild nachhaltig eingefärbt – und ihr wohl in den Augen manch schlichter Gemüter leider auch erst die attraktive Aura der Verruchtheit verliehen. Was Strindbergs Glaubwürdigkeit nicht nur in diesem Zusammenhang angeht, bemerkt sein Freund Adolf Paul nüchtern: »Es herrscht ein tiefer Riß zwischen dem, was er tatsächlich erlebte, und dessen Widerspiegelung in seiner Phantasie (…)

Beide Seiten seines Wesens habe ich aus nächster Nähe kennen gelernt: sein gutes, stets hilfsbereites Herz, sein weiches Gemüt, seinen jovialen Humor, aber auch seine Hinterlist und seine bodenlose Niedertracht, wenn sein Verfolgungswahn ihn dazu trieb, jemanden, der ihm verdächtig geworden war, vernichten zu wollen.« Um die von ihm gerade noch verherrlichte *Aspasia* zu erledigen, schreibt Paul, tat der schwedische Dichter »ohne den geringsten Anlaß, alles (...) Klatschereien, Indiskretionen intimster Art nach links und rechts geschrieben, alles wurde versucht! Er war ein Meister in der ›Privatverleumdung‹, wie er's nannte!« Das Bild des männerverzehrenden weiblichen Monsters, das er von Juel entwarf, prägt den Blick auf sie bis in unsere Tage.

SO ENG verbunden Juel und Przybyszewski auch gewesen sein sollen, hatten sie beide doch auch immer wieder Affären; Przybyszewski unterhielt abgesehen von seiner zweiten Familie im Dunkel ständig weitere zusätzliche Liebschaften, aus denen er auch durchaus kein Geheimnis machte, nur, ganz traditionell, seiner Frau gegenüber – die freilich auch Liebhaber hatte. All das wäre nicht von besonderem Interesse für uns, hätte es nicht eine offenbar äußerst beunruhigende Rolle für den zwischen Begehren und Haß oszillierenden Blick mancher Männer aus ihrem Bekanntenkreis auf diese Frau gespielt. Insbesondere wohl in den späteren Jahren, als Przybyszewskis nicht mehr in Berlin, sondern in Polen lebten, wo Juel ähnlich umschwärmt wurde wie zuvor in Deutschland – man verglich sie mit den (eigentlich recht unterschiedlichen) Darstellungen weiblicher Schönheit von Botticelli, Rossetti oder auch Leonardo, und viele Frauen suchten sich so zurechtzumachen wie Dagny Juel-Przybyszewska. Im polnischen Künstlermilieu erblickte man in ihr »die wahre Quelle der Ekstase, des Wahns und der Inspiration«, wie einer ihrer jungen Bewunderer sich ausdrückte.

Ab 1898 lebte die Familie in Polen, zunächst aufgrund einer gutbezahlten Stelle Stachs recht angenehm in Krakau, später in Warschau unter erbärmlichen Bedingungen, mit (da noch nicht teuer gehandelten) Bildern ihrer Künstlerfreunde an den Wänden, aber ohne Geld für Kohlen oder Brot – und immer öfter ohne Przybyszewski. Da sie kaum Polnisch sprach, vereinsamte Dagny Juel zusehends, während ihr Mann sich andernorts bei Geliebten einrichtete. Schließlich, ein Jahr vor ihrem Tod, verließ sie ihn – um dann doch wieder zurückzukehren. Ihre literarische Produktion scheint unter dem Druck der Verhältnisse da schon längst zum Erliegen gekommen zu sein. Und am Ende wurde sie von einem irren Jünger ihres Mannes auf einer langen Auslandsreise in den Kaukasus ermordet. Ein kurzes, aber prallgefülltes Leben, gezeichnet von Freiheit und Schauerromantik, das aber in die Epoche zu passen scheint. Alles in allem lastete auf der Zeit eine ebenso revolutionäre wie verquälte, zwischen unverarbeiteter Vergangenheit und explosiver Zukünftigkeit überspannte Atmosphäre. Und der Gedanke daran drängt sich auf, daß sie dort, wo Dagny Juels Leben ein jähes Ende fand, einen Josef Stalin ausbrütete und etwas weiter westlich einen Adolf Hitler.

Wer kann wissen, wie sie und wie ihre Literatur sich vielleicht noch weiterentwickelt hätten, wäre sie nicht mit 33 Jahren erschossen worden? Hätte sie die Chance gehabt, ihrem Leben eine neue Richtung zu geben, heraus aus dem zermürbenden Dasein allein mit zwei hungrigen Kindern in einer kalten Warschauer Einraumwohnung und ohne kleinste Rückzugsmöglichkeit mit der nötigen Ruhe, um zu schreiben? Welche Bedingungen Kunst für ihr Entstehen braucht, dafür gibt es keine allgemeingültigen Kriterien. Armut, Leid,

Verfolgung oder Gefangenschaft können sie nicht sicher verhindern. Vladimir Nabokov hat in Paris geniale Romane im Bad neben dem einen Zimmer geschrieben, das er mit Frau und kleinem Sohn bewohnte. Denkt man an die Ausstattung einfacher Mietshäuser früher, kann man annehmen, daß Dagny Juel nicht mal diesen separaten Rückzugsort gehabt hat. Sie war eine »Frau ohne eigenes Zimmer«, wo sie hätte schreiben, musizieren, lesen, nachdenken, für sich sein können. Ihre Lebensumstände scheinen irgendwann tatsächlich so zermürbend und aussichtslos gewesen zu sein, daß eine weitere literarische Produktion für sie wohl allenfalls nach einem radikalen Neubeginn in Betracht gekommen wäre.

WELCHE RICHTUNG Dagny Juel ihrem Leben tatsächlich weiter gegeben hätte, wer könnte das sagen? Alles wurde unmöglich gemacht durch ihren gewaltsamen Tod, herbeigeführt durch einen jungen Mann namens Władysław Emeryk, der sie und ihren kleinen Sohn Zenon auf einer Reise nach Georgien begleitete. Emeryk hatte die zerbröselnde und gerade noch einmal irgendwie notdürftig zusammengeflickte Familie Przybyszewski eingeladen, den Sommer in seinem Haus zu verbringen, im fernen Südosten an der Grenze zwischen Europa und Orient. Eigentlich war ausgemacht, Stach solle sich um die nötigen Dokumente kümmern und mitreisen. Mit der Erklärung, doch erst später abkömmlich zu sein, setzte er Frau und Sohn (die Tochter war bei seiner Geliebten in Lemberg untergebracht) ohne Reisepapiere in den Zug und versprach, so bald wie möglich hinterher zu reisen – was nie geschah. Er selbst verbreitete später, seine Frau dem jungen Mann mehr oder weniger gegen Bezahlung abgetreten zu haben. Auf deren verzweifelte Briefe und Telegramme von der wochenlangen Fahrt, doch endlich nachzukommen, reagierte er gar nicht – so als hätte er sie schon abgeschrieben. »Keine Antwort – ich bin sprachlos, vollständig sprachlos«, telegraphierte sie ihm verzweifelt aus Rußland.

Dagny Juel bekam es in ihrem Leben mit ungewöhnlich viel Härte zu tun, lange vor ihrem furchtbaren Ende. Für ihren Austritt aus der feinen Gesellschaft zahlte sie mit Armut. Angebliche Freunde, die bei ihr und ihrem Mann ein und aus gingen, verspritzten hinter ihrem Rücken – und sogar vor ihrer Nase – das Gift der Intrige und des Rufmords, ohne daß im einzelnen erkennbar wäre, was diese explosive Aggressivität eigentlich hervorrief; man ahnt, daß es mit hausgemachten Problemen in den verklemmten Seelen derjenigen zu tun hat, die diese Frau mit solcher Inbrunst verfolgten. Und ihre Identität als Autorin konnte sich nie wirklich ganz klären, weder für andere noch für sie selber.

Daß auch Przybyszewski Dagnys realen Beitrag zur Literatur nicht in ihren eigenen Texten sah, sondern in der Unterstützung *seiner* literarischen Existenz durch sie, geht aus den an die beiden gemeinsamen Kinder gerichteten (und wie gewohnt die Fakten beliebig verbiegenden) Worten über der von ihm nach Juels Tod herausgebrachten Sammlung ihrer Texte hervor: »Sie wuchs auf in Wohlstand und Luxus. Für ein Dutzend Jahre (sic!) hatte sie Gelegenheit sich in Not und Schwierigkeiten zu erproben, weil sie das Leben mit einem Künstler teilte, der ums Überleben kämpfen mußte. Eine hochkultivierte Frau mit einer ungewöhnlichen und künstlerischen Intuition, aufs engste vertraut mit meinen unausgesprochenen schöpferischen Intentionen, war sie der einzige Mensch, die alle Tiefen meiner schöpferischen Kraft kannte und meiner Seele entlockte, was mir selbst noch unbewußt war. Das war eure Mutter.« Kein Wort darüber, daß sie selbst schöpferisch gewesen war und geschrieben hatte. Schon ganz am Beginn allerdings, im ersten Jahr dieser Ehe, fand diese Denkfigur ihres Mannes Ausdruck in einem Brief an Adolf Paul: »Vieles wurde in meiner Seele mit unsichtbarer Tinte geschrieben, man mußte sie nur aufwärmen, und sie wurde leserlich. Eben das bewirkte sie, deshalb liebe ich sie wie ein großes Werk meiner durch sie geborenen Seele.«

IN DEN wenigen Briefen, die erhalten sind, verzichtete Dagny Juel noch zu Zeiten, da es ihr wirklich miserabel ging, auf Klagen, wofür sie bestimmt ihre Gründe hatte, und wenn es sich um geschmackliche handelte. Einer davon allerdings scheint eine bedenkliche Neigung zu fatalistischer Duldsamkeit gewesen zu sein. Man kann sich vorstellen, wie die verschiedenen Rollen, die sie gleichzeitig spielte, mit ihren unterschiedlichen Anforderungen über ihre Kräfte gingen. Denn in jeder davon trug sie deren Negation mit sich herum und lebte in der unaufhebbaren Spannung der sich daraus ergebenden inneren Widersprüche. Die Gesellschaft der Zeit bot nicht den Raum, die Überforderung abzumildern, und die Umgebung, die sie gewählt hatte, verschärfte die Aussichtslosigkeit noch.

Sie machte das weitgehend mit sich selbst ab: In ihren Briefen an Freunde oder die Familie in Skandinavien, soweit sie erhalten sind, ist wenig davon die Rede, wie es im Lauf der Jahre immer schwerer wurde, ihr Leben zusammenzuhalten. Die Einkommenslage des Ehepaars war die allermeiste Zeit mehr als miserabel und der Geldbedarf schon infolge von Przybyszewskis Trunksucht (aber Juels eigener Durst war bestimmt auch nicht gratis zu stillen) selbst mit permanenter Unterstützung durch Freunde und die Familie in Norwegen nicht zu befriedigen. Armut ist in diesem Fall keine Floskel, oft gab es kaum etwas zu essen im Haus, so daß die Kinder immer wieder auswärts untergebracht wurden. Die Gesundheit nahm durch die fortwährende Unterernährung Schaden. Alles, was nicht niet- und nagelfest war, wurde verkauft oder versetzt; im Sommer hing Juels Wintergarderobe im Leihhaus und wurde im Winter gegen die Sommerkleidung getauscht, berichtet Ida Dehmel.

UM ÜBER die Runden zu kommen, blieb als Ausweg immer wieder nur der längere Aufenthalt in Juels Elternhaus Rolighet in Norwegen – vielmehr erschien dies als Ausweg. Stach fühlte sich dort letztlich auch einigermaßen wohl, zumindest konnte er sich bei den Juells willkommen wissen, brachte dort auch gut seine Arbeit voran. In Briefen an Richard Dehmel klagte er allerdings über unerträgliche Langeweile: In Norwegen seien natürlich überhaupt keine Leute anzutreffen, von denen man nicht nach der zweiten Begegnung vollständig genug hätte, stellte er resigniert fest. Neben dem sparsamen Umgang mit dem gesprochenen Wort setzte ihm die noch sparsamere Versorgung mit Alkohol zu. Ausflüge nach Kristiania und in die dortige, durch zwischenzeitliche Heimkehrer aus dem Ausland – auch aus Berlin, wie Obstfelder, Krohg und Tryggve Andersen – angereicherte Künstlerszene sorgten dafür, daß der Kontakt zum wahren Leben nicht ganz abbrach. Nach einem enormen Trinkgelage, an dem sich als aktives Mitglied der Kristiania-Boheme auch der Schriftsteller Jappe Nilssen beteiligte, drang dieser mit einer Pistole ins Schlafzimmer des betrunken im Bett liegenden Stach ein und brüllte: »Sei bereit zu sterben!« Der Schuß ging daneben, und dem freundschaftlichen Verhältnis zwischen Przybyszewski und Nilssen tat der Vorfall weiter keinen Abbruch.

In der immer wiederkehrenden Schutzsuche im häuslichen Nest der Juells wird – darauf weist Mary Kay Norseng hin – der grundsätzliche existentielle Widerspruch des Bohemiens deutlich, der in ihren Augen darin besteht, daß die überschwengliche Kritiklosigkeit sich selbst gegenüber und das Fehlen jedes belastbaren Gedankens an die Zukunft ihm in seiner Rebellion gegen die bürgerliche Ordnung Züge kindlicher Hilfsbedürftigkeit verleiht. Eben dieser infantile Mangel an Verantwortung setzt auch den Befreiungsbemühungen Dagny Juels entscheidende Grenzen. Das Leben in Armut, die daraus resultierende Abhängigkeit von Spendern, Przybyszewskis schwerer Alkoholismus, sein notorisch gestörtes Verhältnis zur Wahrheit verbunden mit seiner Neigung zur Hinterhältigkeit belasteten das gemeinsame Leben schwer. (Auf buchstäblich gar nichts war bei diesem Mann Verlaß, wie dieses Beispiel deutlich macht: In einem Brief an den Dichter Zenon Przesmycki, in dem Przybyszewski sein Leben skizziert, ist von seinem Geburtstag, über das Studienfach, die Dauer seiner Verbindung mit Dagny Juel und den Zeitraum der Arbeit seiner literarischen *Totenmesse* nicht nur etwas, sondern schlicht alles falsch.)

Der Boden, auf dem man sich bewegte, war nicht sehr tragfähig, darum suchte nicht nur Dagny Juel mit den Kindern Unterschlupf (und Nahrung) bei den Eltern, sondern auch ihr Mann, der 1896 wiederum in einem Brief an seine eigenen Eltern davon schwärmte, Dagny und er hegten Pläne, bald ins polnische Thorn zu ziehen, um mit ihnen unter einem Dach zu leben: Sie beide bedürften doch des elterlichen Rats, so unpraktisch und unerfahren, wie sie seien. Dagny Juel jedenfalls zog es tatsächlich immer wieder heim nach Norwegen, sie verbrachte zusammengerechnet fast drei der fünf ersten (»Berliner«) Jahre ihrer Ehe faktisch bei ihren Eltern, mithin einen Großteil auch der Periode, in der sie ihr Werk mehr oder weniger vollständig verfaßte. Die schutzsuchende Anhänglichkeit der Tochter will nicht so recht passen zum Bild einer radikalen Künstlerin, einer erwachsenen Frau mit dem Gestus der Rebellin. Jedenfalls blieb Dagnys Elternhaus für sie ein fester und als sicherer Hafen empfundener Bezugspunkt. Ihre beiden Kinder wurden in Norwegen geboren und blieben bei den Großeltern, wenn Przybyszewskis irgendwo in Europa, in Dänemark, Frankreich, Spanien umherreisten. (Später, nach Juels Tod, wurden sie adoptiert und wuchsen dann weiter in Schweden auf, die Tochter bei einer ihrer Schwestern und der Sohn in einem Industriellenhaushalt.) Zenon war übrigens nach jenem polnischen Dichter Zenon Przesmycki benannt, den Stanisław Przybyszewski besonders verehrte und dem Dagny Juel ein weiteres Mal – nun in der anderen Hemisphäre ihrer Existenz – Reverenz erwies, indem sie der einen männlichen Figur ihres Dramas *Die Sünde* den Namen Miriam gab, wie Przesmyckis Nom de plume lautete. Als Namenspatronin ihrer Tochter Iwa langte eine Bauchtänzerin aus Samoa, die ihr im Hamburger Rotlichtviertel aufgefallen war.

Wie problematisch die fortwährende Schutzsuche im Elternhaus auch in anderer Hinsicht war, zeigte sich, als Dagny Juel ihren Mann im Jahr vor ihrer Ermordung vorübergehend verließ und Mutter wie Schwestern (der Vater lebte nicht mehr) nicht zu ihr, sondern zu Przybyszewski hielten. Ihre Mutter ließ einen großen Teil der Korrespondenz nach Dagny Juels Tod verbrennen, vielleicht einem fehlgeleiteten Bedürfnis folgend, das Ansehen der so schrecklich umgekommenen Tochter zu schützen, zumal Przybyszewski es geschafft hatte, der Familie seiner Frau eine Version der Geschichte der letzten Jahre ihrer Ehe plausibel zu machen, die ihn als liebevollen, mißverstandenen und betrogenen Ehemann darstellte. Die Aufgehobenheit im warmen Nest war gar so verläßlich wohl nie gewesen, wie Dagnys Anhänglichkeit nahelegen könnte.

DIE WIDERSPRÜCHE ziehen sich durch alles. In ihrem Aufbegehren gegen die Fesseln bürgerlicher Wohlanständigkeit, dem Bekenntnis zu ihren Sehnsüchten und einem Lebensstil, der sich um gängige Vorstellungen davon – zumal die puritanischen ihres Heimatlandes – nicht scherte, wie sich eine brave Frau zu verhalten hätte, blieb Dagny Juel selbst zugleich immer fest verbunden mit der viktorianischen Welt, der sie entstammte. Das war eine Welt ohne gesicherte Vorstellung von erwachsener Weiblichkeit, in der eine Frau also auf sich selbst verwiesen war, falls sie so etwas im Sinn trug, darauf, beweglich zu sein, Grenzen zu überwinden und sich zu erproben. Eben so jemanden meinte man in Dagny Juel vor sich zu haben – und übersah dabei die andere, nicht weniger manifeste Seite ihres Wesens. Beide zusammen gerade machten sie zum idealen Adressaten der stillen Wünsche anderer ebenso zerrissener Seelen. Sie ließ sich nicht auf eine klare Rolle reduzieren, wollte alle Gefühle erkunden, verfocht zur Verwirrung der Männer um sie herum ihre weibliche Selbstbestimmung – und kettete sich dann unlöslich, durch keinen Verrat und keine Erniedrigung zu beirren, an einen Mann, der absurde Vorstellungen vom gegensätzlichen Charakter der Geschlechter formulierte und seine Frau Dagny von Anfang an schmählich hinterging.

Seine Beziehung zu Marta Foerder führte er mit unterschiedlicher Intensität nebenher weiter, bis sie sich 1896 das Leben nahm. Przybyszewskis Rolle dabei – das Mittel, mit dem sie sich vergiftete, hatte angeblich er besorgt und zurechtgelegt, ehe er seine Nebenfrau abends verließ – wurde Gegenstand einer polizeilichen Untersuchung. Er kam für zwei Wochen in Untersuchungshaft, wurde dann aber auf freien Fuß gesetzt. In einem Brief aus dieser Zeit schreibt er an Munch: »Theurer Freund, (…) Dehmel hat Blödsinn geschrieben. Ich war unschuldig in einen Vergiftungsprocess eingemischt. Meine Unschuld hat sich sofort erweisen lassen, und ich bin frei wie ein Vogel (...) Es wird noch so weit kommen, daß ich nicht nach Kongsvinger fahren kann, und du weißt am besten, was das für mich bedeutet.« Ducha hielt auch während dieser Zeit unbeirrt zu ihrem Mann, während viele Freunde nun auf Abstand gingen. Motive von Dagny Juels Stück *Wenn die Sonne niedergeht* wie auch andere Texte von ihr verweisen auf den Selbstmord Marta Foerders, den sie so vielleicht literarisch zu verarbeiten suchte.

Als Przybyszewski etwas später die Leitung einer in Krakau erscheinenden literarischen Zeitschrift angeboten wurde, folgte sie ihrem Mann nach Polen, dessen Sprache sie kaum beherrschte und wo sie nach einer kurzen Anfangszeit in gesicherten Verhältnissen die letzten Jahre ihres Lebens unglücklich und isoliert von allen Freunden dramatisch verarmt zubrachte. Zunehmend sah sie sich von ihrem Mann im Stich gelassen und auch persönlich diffamiert. Hatte er sie anfangs zum Quell seiner Inspiration und zur Kraft erklärt, die ihm erst seine verborgenen Möglichkeiten eröffne, warf er ihr nun vor, ihn zu vernichten. Auf die Vergötterung folgte die Erniedrigung, auf privater wie öffentlicher Bühne vollzogen.

Dagny Juels Leben nahm tragische Züge an. Übrig davon blieb ihr Werk. Und ein Mythos (oft genug, wie wir gesehen haben, in Gestalt von Erfindungen), der sich weniger von ihrer literarischen Produktion nährt als von der Rolle, die sie im Kreis der künstlerischen Boheme Krakaus, vor allem aber Berlins tatsächlich oder angeblich spielte. Ein Mythos, der selbst eine Erscheinungsform der schwül-ekstatischen Atmosphäre ist, von der er handelt – der freilich ausstrahlt über mehr als hundert Jahre bis ins Heute hinein und zu dem jetzt die Lektüre ihrer Texte auch hierzulande das Gegengewicht bilden könnte.

IN POLEN baute Przybyszewski einen Kreis von jungen Schwärmern um sich auf, die ihn anhimmelten – manche auch seine Frau – und die sich von ihm den Verstand mit der Idee einer verschworenen satanischen Gemeinschaft lahmlegen ließen. Man muß nicht so weit gehen wie Juels Biograph Thaddeus Wittlin, der sich (in Anlehnung an literarische Motive der Zeit etwa bei Strindberg) ausmalt, wie die hypnotischen Kräfte Przybyszewskis einen der jungen Männer aus seinem Bannkreis zum Mord an seiner ihm lästig werdenden Frau geradezu zwangen, ihn förmlich zum Werkzeug seines teuflischen Meisters machten. Von einer geistigen Mittäterschaft dieses Mannes, dessen außergewöhnliche Suggestivkräfte von vielen Seiten betont wurden, darf man aber wohl sprechen.

Daß der junge Wład Emeryk und Dagny Juel auf der gemeinsamen Reise zum Kaukasus ein Liebesverhältnis unterhielten, wie immer wieder kolportiert wird, gilt denen, die sich mit Personen und Umständen eingehender beschäftigt haben, als äußerst unwahrscheinlich, ebenso daß sie ihm irgendwann tatsächlich, wie Emeryk in einem Brief an Przybyszewski behauptete, die Zustimmung erteilte, ihr Leben zu beenden, dann aber wegen ihrer Verantwortung als Mutter davor zurückschreckte, in den Tod zu gehen – woraufhin er den Entschluß gefaßt habe, sie im Schlaf zu erschießen. Ein Mord, der – vielleicht als Echo des sagenumwobenen Ablebens des österreichischen Kronprinzen Rudolf und seiner Geliebten auf Schloß Mayerling einige Jahre zuvor – von manchen in moritatenhafter, volkskunstartiger Manier als Doppelselbstmord ausgemalt wird.

Soviel jedenfalls steht fest: Der Mörder hatte seine Tat langfristig geplant und die entsprechenden Vorbereitungen getroffen. Nachdem er Dagny Juel umgebracht hatte, erschoß er sich selbst. Er hinterließ beklemmende Briefe, an den fünfjährigen Sohn der Przybyszewskis (»Geliebter Zenon! (…) Es ist nicht meine Aufgabe und es geht über meine Kraft, Dir mit diesen wenigen Worten etwas zu geben, das alles aussagt. Sie war die einzigartige Manifestation des Absoluten, und daß sie Gott war, wirst Du von jemand anderem erfahren.«), und an Stach (»(…) mein Goldener, mein Geliebter (…) Ich tat, was Du hättest tun sollen … Wisse, daß ich Dich anbete und verehre, und daß ich Dich liebe.«).

Die Nachricht vom Tod seiner Frau nahm Przybyszewski jedenfalls zufrieden auf. Er machte daraus auch gar kein Geheimnis. Noch einige Jahre später stellte er, sogar öffentlich, in der Zeitschrift *Die Aktion*, klar, wie angenehm es ihm gewesen sei, Dagny auf diese Weise loszuwerden. Das Geld, das Stach sich wie gewohnt zusammenschnorrte, vorgeblich, um damit zur Beerdigung in den Kaukasus zu reisen und von dort sein Kind heimzuholen, setzte er in Schnaps um, blieb, wo er war, und überließ es einer Freundin seiner ermordeten Frau, seinen jäh der Mutter beraubten und verlassen in Tiflis zurückgebliebenen fünfjährigen Sohn Zenon wieder nach Polen zurückzubringen.

Ende

Ulrich Sonnenberg schulde ich Dank
für die freundliche Unterstützung
in einigen Zweifelsfällen
bei der Übersetzung.

Literaturverzeichnis

Albrecht, Dietmar et al. (Hg.): *Literatur Grenzen Erinnerungsräume: Erkundungen des deutsch-polnisch-baltischen Ostseeraums als einer Literaturlandschaft.* Würzburg: Königshausen & Neumann 2004

Artmann, H. C.: *Grammatik der Rosen - Gesammelte Prosa in drei Bänden.* Salzburg: Residenz Verlag 1979

Bellow, Saul: *Humboldts Vermächtnis.* Köln: Kiepenheuer & Witsch 1976

Bab, Julius: *Die Berliner Bohème.* Berlin/Leipzig 1904

Buchmayr, Friedrich (Hg.): *Wenn nein, nein!: August Strindberg und Frida Uhl: Briefwechsel, 1893–1902.* Gmünd: Bibliothek der Provinz 1993

Courteline, Georges: *Die ganz begreifliche Angst vor Schlägen.* Typoskript im Verlag für Bühne, Film und Funk Felix Bloch Erben, Berlin o. J.

Dauthendey, Max: *Maja - Skandinavische Bohème-Komödie in drei Akten.* Leipzig 1911

Dehmel, Richard: *Aber die Liebe.* Berlin 2013

Dehmel, Richard: *Hundert ausgewählte Gedichte.* Berlin 1922

Engelstad u. a. (Hg.): *Norsk kvinnelitteraturhistorie.* Bd. 1. Oslo 1988

Fontane, Theodor: *Der Stechlin.* Gesammelte Romane, Leipzig o. J.

Friedell, Egon: *Kulturgeschichte der Neuzeit. Die Krisis der europäischen Seele von der schwarzen Pest bis zum Ersten Weltkrieg.* München: Beck 1965

Hansson, Ola: *Das junge Skandinavien.* Dresden und Leipzig 1891

Huysmans, Joris-Karl: *Tief unten.* Köln: Kiepenheuer & Witsch 1963

Jacobsen, Jens Peter: *Frau Marie Grubbe.* Zürich 1956

Jæger, Hans: *Kristiania-Bohème.* Hamburg 1921

Jæger, Hans: *Die Bibel der Anarchie.* Gifkendorf 1997

Karumidze, Zurab: *Dagny oder Ein Fest der Liebe.* Bonn: Weidle Verlag 2017

Klim, George: *Stanislaw Przybyszewski: Leben, Werk und Weltanschauung im Rahmen der deutschen Literatur der Jahrhundertwende.* Paderborn: Igel-Verlag 1992

Krohg, Christian: *Albertine.* Hamburg 1913

Lishaugen, Roar / Chumak, Lisbeth: *Dagny Juel.* Kongsvinger 2011

Mann, Thomas: *Werke.* Bände IX und X. Frankfurt 1960

Martini, Fritz: *Deutsche Literaturgeschichte.* Stuttgart 1968

Matuszek Gabriela (Hg.): *Über Stanislaw Przybyszewski: Rezensionen, Erinnerungen, Porträts, Studien 1892–1995: Rezeptionsdokumente aus 100 Jahren.* Paderborn: Igel-Verlag 1995

McCullers, Carson: *Spiegelbild im goldnen Auge.* Zürich: Diogenes 2012

Meier-Graefe, Julius: *Geschichten neben der Kunst.* Berlin: Fischer 1933

Meier-Graefe, Julius: *Grundstoff der Bilder.* München: Piper 1959

Miller, Arthur: *Zeitkurven. Ein Leben.* Frankfurt am Main: S. Fischer 1987

Mölk, Ulrich (Hg.): *Europäische Jahrhundertwende. Wissenschaften, Literatur und Kunst um 1900.* Göttingen: Wallstein 1999

Nerli, Linn Carina Hovelsaas: *Gotisk modernisme og kvinnelig subjektivitet i Dagny Juel Przybyszweskas forfatterskap.* Oslo: Masterarbeit an der Universität Oslo 2011

Norseng, Mary Kay: *Dagny: Dagny Juel Przybyszewska, the Woman and the Myth.* Seattle/London: University of Washington Press 1991

Paul, Adolf: *Strindberg-Erinnerungen und -Briefe.* München: Albert Langen 1924

Przybyszewski, Stanislaw: Briefe 1879–1927, in: *Werke, Aufzeichnungen und ausgewählte Briefe.* hg. von Aurelia Jaroszewicz, Oldenburg: Igel-Verlag 1999

Przybyszewski, Stanislaw: *Erinnerungen an das literarische Berlin.* München: Winkler 1965

Przybyszewski, Stanislaw: *Ferne komm ich her …* Weimar: Gustav Kiepenheuer 1985

Rimbaud, Arthur: *Sämtliche Gedichte.* Heidelberg: Schneider 1946.

Scheerbart, Paul: *Katerpoesie und Mopsiade.* Erlangen/München: Renner 1980

Schleich, Carl Ludwig: *Erinnerungen an Strindberg. Nebst Nachrufen für Ehrlich und von Bergmann.* München: Müller 1917

Schluchter, Manfred: *Stanislaw Przybyszewski und seine deutschsprachigen Prosawerke 1892–1899.* Tübingen: Phil. Dissertation 1969

Schoenhals, Albrecht: *Begegnung mit Baudelaire, Verlaine, Rimbaud.* Wiesbaden 1973

Schütze, Peter: *August Strindberg.* Reinbek 1990

Selberg, Ole Michael: Dagny Juel - kvinnen og verket. Einleitung zu: *Dagny Juel, »Synden« og to andere skuespill.* Oslo 1978

Soergel, Albert: *Dichtung und Dichter der Zeit.* Leipzig 1911

Strindberg, Frida: *Lieb', Leid und Zeit. Eine unvergeßliche Ehe.* Hamburg/Leipzig: Goverts 1936

Wittlin, Thaddeus: *Eine Klage für Dagny Juel-Przybyszewski.* Paderborn: Igel-Verlag 1995

Ebenfalls im Weidle Verlag erschienen:

Zurab Karumidze
Dagny oder Ein Fest der Liebe
Roman

Aus dem englischen Original von Stefan Weidle
288 Seiten, fadengeheftete Broschur, 23 Euro
Einbandzeichnung: Levke Leiß
Gefördert vom Georgian National Book Center
978-3-938803-85-1

»Das postmoderne Feuerwerk eines Georgiers, der die norwegische Rakete Dagny Juel, die Munch, Strindberg und dem Berliner Bohemien Stanislaw Przybyszewski den Kopf verdrehte, zusammen mit dem Mystiker Georges Gurdjieff und dem jungen Stalin in einen phantastischen Orbit schießt.«
Gregor Dotzauer, *Der Tagesspiegel*

»Mit spielerischer Leichtigkeit verknüpft Karumidze all die kleinen Anekdoten, Geschichten und Mythen über sein Heimatland nicht nur zu einem anspruchsvollen Roman, sondern zugleich zu einem schillernden Kaleidoskop georgischer Geschichte und Kultur.«
Moritz Müller-Schwefe, *Süddeutsche Zeitung*

»Wer jedenfalls im Jahr des georgischen Gastlandauftritts auf der Frankfurter Buchmesse als Fremder einen Blick auf populäre Mythen und Gestalten der Geschichte des Landes werfen will, vermengt mit haarsträubenden, geradezu Sterne-haften Abschweifungen zur Sprache und Kultur, der findet davon hier reichlich.«
Tilman Spreckelsen, *FAZ*

Die Übersetzung folgt der Ausgabe
Dagny Juel, *Samlede Tekster*,
Kulturforlaget BRAK 1996

Die Übersetzung wurde mit finanzieller
Unterstützung von NORLA publiziert.
NORLA
NORWEGIAN LITERATURE ABROAD

Beethovenplatz 4, 53115 Bonn
www.weidle-verlag.de

Lektorat: Stefan Weidle
Korrektur: Kim Lüftner, Katharina Huhn
Gestaltung und Satz: Friedrich Forssman
Einbandfoto: Renate Brandt
Schrift: Geller von Ludka Biniek
Druck: Ph. Reinheimer GmbH, Darmstadt
Bindung: Schaumann, Darmstadt

Die Deutsche Bibliothek – CIP-Einheitsaufnahme
Ein Titeldatensatz für diese Publikation ist bei
Der Deutschen Nationalbibliothek erhältlich.

Dieses Buch wurde klimaneutral gedruckt.
natureOffice.com | DE-077-134232
ISBN 978-3-938803-91-2